리어왕

리어왕

초판 1쇄 발행 | 2016년 6월 15일

지은이 | 윌리엄 셰익스피어
옮긴이 | 셰익스피어연구회
펴낸이 | 김형호
펴낸곳 | 아름다운날
출판 등록 | 1999년 11월 22일
주소 | (121-837) 서울시 마포구 서교동 351-10 동보빌딩 202호
전화 | 02) 3142-8420
팩스 | 02) 3143-4154
E-메일 | arumbook@hanmail.net
ISBN 979-11-86809-19-8 (03840)

이 도서의 국립중앙도서관 출판예정도서목록(CIP)은 서지정보유통지원시스템 홈페이지(http://seoji.
nl.go.kr)와 국가자료공동목록시스템(http://www.nl.go.kr/kolisnet)에서 이용하실 수 있습니다.
(CIP제어번호 : CIP2016013148)

리어왕

윌리엄 셰익스피어 지음 | 셰익스피어연구회 옮김

아름다운날

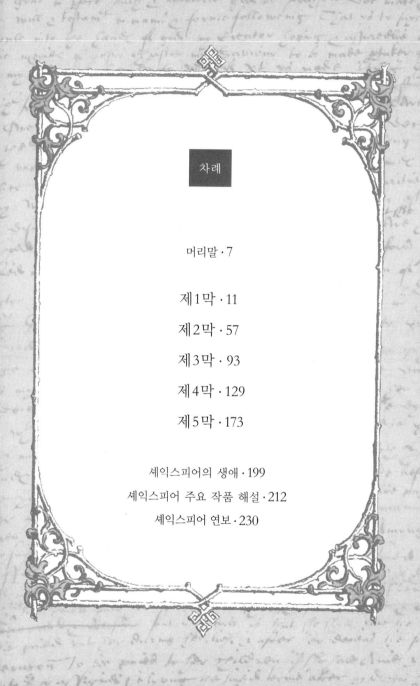

차례

William Shakespeare

청소년 시절 처음으로 고전 문학을 접하게 되었다고 해도, 윌리엄 세익스피어란 이름을 낯설게 느끼는 이는 많지 않을 듯합니다. 비극적인 사랑의 대명사처럼 손꼽히며 아직도 수많은 영화와 드라마의 기본 틀이 되고 있는 〈로미오와 줄리엣〉이나, 빚 대신 살덩이를 잘라 갚으라 강요하던 못된 고리대금업자가 나오는 〈베니스의 상인〉 정도는 누구든 들어본 적이 있을 것입니다. 하다못해 세익스피어의 4대 비극엔 어떤 작품이 포함되는지 상식 문제를 풀 듯 손꼽아본 경험은 있지 않을까요?

고전이란, 당대를 대표하면서도 후세 사람들에게 모범이 될 만한 가치를 여전히 지니고 있는 훌륭한 문학작품을 뜻합니다. 세대가 지나면 드높았던 인기도 덧없이 잊혀지고 마는 대중문학과 달리, 고전 문학은 시공간을 초월하여 변함없이 많은 사람들에게 깊은 감동과 울림을 전합니다. 다양한 세계 고전 문학 가운데서도 세익스피어의 작품은 나라와 언어와 인종을 불문하고 누구에게나 사랑받는 명작이며, 한 편 한 편 모든 작품마다 곱씹을수록 깊은 맛이 우러나오는 고유한 삶의 철학과 세계관을 담고 있습니다.

본래 연극 공연을 위해 쓰인 '대본'이기에, 희곡은 소설을 읽을 때보다 독자의 상상력이 독서의 재미를 더 크게 좌우합니다. 더욱이 심오한 인간 내면에 대한 성찰과 현란한 언어유희의 진수를 맛볼 수 있는 셰익스피어 작품의 주인공이 되어 한 줄 한 줄 읽어 내려가다 보면 그들의 비극적인 운명이 겪어야 하는 절망과 아픔이 뼈저리게 느껴질 것입니다.

셰익스피어가 세상을 떠난 지 수백 년이 지난 지금, 그의 희곡들은 위대한 문학 작품을 뛰어넘어 하나의 문화로 자리잡았습니다. 실천에 앞서 늘 심사숙고하여 우유부단해 보이기 십상인 인간형을 햄릿 형 인간이라 일컬으며, "사느냐 죽느냐, 그것이 문제"라는 유명한 대사가 햄릿의 독백임을 알아차리는 것은 더 이상 대단한 지식이 아닙니다.

제국주의의 열기가 한창이던 19세기에 영국인들이 가장 소중히 여기던 식민지 인도와도 바꿀 수 없는 존재로 극찬했던 셰익스피어는 싫든 좋든 서양 문화와 함께 전 세계인의 삶에 깊은 반향을 미친 문화로 침투했습니다. 우리는 미처 알지 못하면서도 셰익스피어의 주옥 같은 대사들을 일상에서 읊조리게 된 것이죠. 물론 문화로 정착했으니 무작정 받아들여야 한다는 의미는 아닙니다. 비판을 하거나 배척을 하더라도 제대로 실체를 알고 선택을 내릴 필요는 있으며, 그러기 위해 좀처럼 감탄을 금할 수 없는 문학 자체로서의 아름다움까지 감상하는 기회를 갖자는 것입니다.

37편에 달하는 셰익스피어의 희곡 가운데서도 4대 비극은 문학적, 극적 완성도와 화려한 비장미 면에서 정점에 오른 작품으로 손꼽힙니다. 이상주의자이자 사유하는 몽상가로서 복수의 실천을 앞두고 고뇌하는 인간의 깊은 내면 심리를 아름다운 언어로 그린 〈햄릿〉, 자식과 부모의 관계를 새삼 돌아보게 하면서 선과 악의 본성을 들여다볼 기회를 제공하는 〈리어왕〉, 사랑과 질투라는 인간적인 감정의 애틋함과 함께 누구나 갖고 있을 법한 인간 내면의 섬뜩한 악마성을 묘사한 〈오셀로〉, 권력을 향한 인간의 욕망이 불러일으킨 고통과 비극을 어둡게 그려낸 〈맥베스〉에 이르기까지, 주인공들의 처절한 운명은 여전히 우리들의 마음을 사로잡습니다.

　셰익스피어가 왜 그토록 위대한 작가로 칭송되며, 무대에서나 문학 작품으로 현대인들에게도 사랑을 받는지는 읽어본 사람만이 알 수 있을 것입니다. 그동안 『셰익스피어의 4대 비극』은 수많은 번역본이 출간되어 독자들의 아낌을 받았지만, 이번 완역본은 셰익스피어의 장엄한 비극을 맨 처음 본격적으로 접하는 청소년이나 초보 독자라도 쉽게 몰입할 수 있도록 딱딱한 문어체를 가능한 입에 익은 말투로 둥글려 다듬어, 읽기 쉬울 뿐만 아니라 연극적인 느낌에도 손색이 없도록 기획하였습니다. 상상력을 최대한 동원하여 주인공들의 절박하고 비극적인 운명을 마음으로 접한다면, 독자 여러분들도 이내 셰익스피어를 사랑해마지 않을 수 없게 되리라 믿습니다.

셰익스피어 연구회

등장인물

리어왕_ 영국 왕

고네릴, 리건, 코델리아_ 리어왕의 딸들

알바니 공작_ 고네릴의 남편

콘월 공작_ 리건의 남편

프랑스 왕_ 코델리아의 남편

켄트 백작, 글로스터 백작_ 리어왕의 신하

에드가_ 글로스터의 아들

에드먼드_ 글로스터의 서자

오스왈드_ 고네릴의 하인

버건디 공작_ 코델리아의 구혼자

시종_ 코델리아의 시종

큐런_ 궁신

노인_ 글로스터의 소작인

그 밖의 배우_ 의사, 광대, 정령관, 콘월의 하인들, 리어왕의 기사들, 부대장, 장교들, 사신들, 병사들, 시종들

배경_ 영국

제 1 막

William Shakespeare

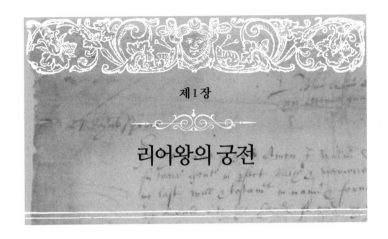

제1장

리어왕의 궁전

🐚 켄트, 글로스터, 에드먼드 등장

켄트   나는 왕께서 콘월 공작보다 알바니 공작을 더 총애하시는
       것으로 알고 있었는데요.

글로스터   나도 그렇게 알고 있었습니다. 하지만 왕국의 영토를
       분배할 시기에 이르니 누굴 더 총애하시는지 전혀 분간이 안
       되는군요. 저울에 단 듯이 똑같이 분배해 어느 쪽을 더 총애

하시는지 알 수 없더군요.

켄트 (에드먼드를 바라보며) 이분이 아드님이신가요?

글로스터 내가 길렀던 아이임에는 분명하지요. 하지만 내 아들이라고 선뜻 밝히기가 부끄럽답니다. 지금은 익숙해졌지만요.

켄트 무슨 말씀을 하시는 건가요?

글로스터 글쎄, 말하자면 이 녀석의 어미가 내 씨를 받아 침상에서 결혼도 하기 전에 이 녀석을 떨구어낸 거죠. 정말 부끄러운 실수였죠.

켄트 이토록 훌륭한 아들을 얻는다면 실수가 문제겠습니까?

글로스터 하지만 내게 이 녀석 말고 또 아들이 있습니다. 이 녀석보다 한 살이 많은 형인데, 적자이지요. 뭐 그렇다고 해서 그 녀석을 더 귀여워하는 것은 아닙니다. 물론 이 녀석은 부르기도 전에 좀 뻔뻔하게 세상에 나오긴 했지만 이 녀석의 어미는 아주 미인이었습니다. 우린 이 녀석을 만들 때 매우 뜨거웠지요. 그러니 이 녀석을 내 자식으로 당연히 인정해야겠지요. 에드먼드야, 너 이 어른을 알겠느냐?

에드먼드 잘 모르겠습니다, 아버지.

글로스터 이분은 켄트 백작이시다. 내가 존경하는 어른이니 앞으로 잘 모시거라.

에드먼드 잘 부탁드립니다.

켄트 이렇게 만나게 되어 반갑네. 앞으로 잘 지내세.

에드먼드 저도 백작님의 기대에 어긋나지 않도록 노력하겠습니다.

글로스터 이 아인 9년 동안 외국에 나가 있었습니다. 또 나갈 거고요. 아, 저기 왕께서 나오시는군요.

🌿 나팔소리. 왕관을 든 시종, 리어왕, 콘월, 알바니, 고네릴, 리건, 코델리아, 시종들 등장

리어왕 글로스터, 프랑스 왕과 버건디 공작을 들게 하라.

글로스터 분부대로 하겠습니다, 폐하. (글로스터와 에드먼드 퇴장)

리어왕 자, 이제 내가 은밀히 계획해 왔던 것을 말하겠다. 거기 있는 지도 좀 다오. 이미 왕국을 삼등분해 놓은 것은 너희들도 알 것이다. 젊고 활기에 찬 너희들에게 왕국을 넘겨주고 나는 번뇌에서 벗어나 여생을 깃털처럼 가볍게 살고 싶다. 내가 사랑하는 사위 콘월과 알바니, 난 훗날 분쟁의 씨를 없애기 위해 딸들이 각각 상속받을 재산을 발표하려고 한다. 그리고 사랑하는 막내딸의 애정을 얻기 위해 오랫동안 이곳에 머물러 있는 프랑스 왕과 버건디 공작에게도 오늘 이 자리에서 결론을 내 전해 주고 싶고. 자, 사랑하는 딸들아, 말해 다오. 오늘 나는 내가 가진 권력과 땅을 모두 너희에게 양도할 것이다. 세상의 근심 걱정까지 말이다. 자, 너희들 중 누가 나

를 제일 사랑하느냐? 나는 너희들이 이 애비를 얼마나 사랑하는지에 따라 재산을 나누어 줄 것이다. 고네릴, 네가 맏딸이니 먼저 말해 보아라.

고네릴 네, 말씀드리지요. 아버님에 대한 제 사랑을 어찌 말로 표현할 수 있겠습니까? 저는 아버님을 자유로운 우주보다 사랑합니다. 그리고 값비싼 보석, 덕망과 명예, 건강과 아름다움을 지닌 목숨보다 사랑합니다. 저는 일찍이 자식이 부모에게 바친 적이 없는 지극한 효심으로 아버지를 모실 것입니다. 세상 어느 것과 비교할 수 없을 정도로 아버지를 사랑합니다.

코델리아 (방백) 난 뭐라고 말하지? 난 진정 마음에서 우러난 사랑을 해야지.

리어왕 (지도를 가리키며) 좋다. 이 경계선에서 저 경계선까지 울창한 삼림과 기름진 들판, 그리고 물고기가 넘실대는 강과 드넓은 목장을 너에게 주겠다. 너와 알바니의 자식들에게 영원히 상속될 것이다. 자, 내 사랑하는 둘째딸, 콘월의 아내인 리건도 말해 보아라.

리건 저도 언니와 같은 생각을 합니다. 언니의 말처럼 저도 아버지를 향한 효심이 그러하옵니다. 다만 언니의 말로 부족한 부분을 느껴 덧붙여 말씀드리겠습니다. 세상의 어떠한 즐거움이 아버지를 향한 제 효심보다 즐거울 수가 있을까요? 저는 아버지에 대한 효심에서 세상의 기쁨과 행복을 찾는답니다.

코델리아　(방백) 다음은 가엾게도 내 차례로구나! 뭐라고 말씀드려야 한담? 아버지에 대한 내 효심은 말로 표현할 수 없을 만큼 큰데.

리어왕　너와 네 자손들에게 이 훌륭한 왕국의 3분의 1을 물려주마. 넓이나 가치, 즐거움 등 어느 것에 비교해도 고네릴에게 준 영토보다 결코 적지 않다. 자, 이번엔 내 사랑하는 막내딸 코델리아, 네 차례구나. 애정으로 보면 결코 막내라고 할 수 없는 코델리아야, 지금 넓은 포도밭을 가진 프랑스 왕과 기름진 목장을 가진 버건디 공이 네 결정을 기다리고 있는 것 알고 있지? 언니들 못지않게 내게 기쁨을 안겨 주는 코델리아야, 말해 보거라. 네 사랑을 확인하고 싶구나.

코델리아　드릴 말이 없습니다, 아버지.

리어왕　뭐, 없다고?

코델리아　네, 아무 말도 생각나지 않습니다.

리어왕　할말이 없다면 받을 것도 없다. 그러니 어서 말해라.

코델리아　불행하게도 저는 제 속마음을 입 밖에 낼 줄 모릅니다. 아버지를 극진히 모시는 것을 어떻게 말로 표현할 수 있겠습니까. 그저 딸로서 마땅히 해야 할 도리인걸요.

리어왕　뭐라고? 어떻게 그 따위 소리를 내게 감히 할 수 있단 말이냐? 다시 한 번 말해 보아라.

코델리아　아버지, 아버지는 저를 낳으시고 기르시고 사랑해 주셨

습니다. 그런 아버님께 은혜를 보답하기 위해 아버지를 사랑
할 것입니다. 그런데 언니는 아버지를 최고로 사랑한다고 했
는데, 어떻게 결혼할 수 있었나요? 만일 제가 결혼을 한다면,
저는 남편에게 제 사랑의 반을 바쳐야 할 것입니다. 그러니
언니들처럼 결혼을 하면 아버지를 온전히 사랑할 수는 없습
니다.

리어왕 지금 그 말 진심이냐?

코델리아 네, 아버지.

리어왕 이처럼 어린 네가 어찌 그런 몰인정한 말을 한단 말이냐?

코델리아 나이는 어릴지 몰라도 진심입니다.

리어왕 좋다, 네 뜻대로 해라. 네 진심을 지참금으로 삼아라. 이
제 나는 성스러운 태양에 걸고, 지옥의 여신 헤커트의 비법
과 밤의 어둠에 걸고, 대우주에 걸고 맹세하노니 너와 부모
자식 간의 혈연관계를 부인할 뿐만 아니라 앞으로는 너를 영
원히 타인으로 취급하겠다. 스키타이 야만족이나, 식욕을 채
우기 위해 제 자식을 잡아먹는 놈이라 해도 이제껏 내 딸이
었던 너보다는 더 가깝고 측은하고 편하게 여겨질 것이다.

켄트 폐하…….

리어왕 조용히 하시오, 켄트! 내 분노에 끼여들지 마시오. 나는
저 애를 가장 사랑했소. 그래서 저 애의 보살핌을 받으면서
여생을 보내고 싶었지. (코델리아를 향해) 썩 물러가라, 꼴도

보기 싫구나! 저 애에게 아비의 정을 버린 이상 무덤만이 내 안식처로구나. 프랑스 왕을 불러라. 누가 가겠느냐? 버건디 공작을 불러오라. 자, 콘월과 알바니, 막내딸에게 주려던 권력과 재산을 두 딸에게 넘겨주겠다. 저 애는 오만함을 정직이라고 부르는가 본데 오만과 결혼하라고 해라. 나는 자네들이 마련해 줄 100명의 기사를 거느리고, 매달 번갈아 가며 자네들의 성에 머무를 것이다. 다만 국왕의 칭호와 보좌는 내가 갖고 있되, 그 밖의 집행권은 사랑하는 자네들에게 넘겨주겠다. 그 증거로서 이 왕관을 줄 테니 번갈아가며 사용토록 하라. (왕관을 준다)

켄트 폐하, 잠깐 그 뜻을 거두시옵소서. 저는 폐하를 항상 아버님처럼 여겼사옵고, 왕으로 모셨사온데…….

리어왕 활 시위가 이미 팽팽히 당겨졌다. 과녁을 피해 서시오.

켄트 차라리 쏘아 주십시오. 화살촉이 제 심장을 꿰뚫어도 좋습니다. 폐하께서 제정신이 아니신데, 신하인 제가 예의를 지켜 무엇하겠습니까? (리어왕이 격노하여 채찍을 잡는다) 폐하, 폐하가 아부하는 자에게 눈이 멀었다고 충신인 제가 진언하기를 두려워할 줄 아십니까? (리어왕, 채찍을 휘두른다) 지금 하신 말씀을 철회하십시오. 매사에 신중하시어 오늘처럼 경솔한 처사만은 중지하십시오. 막내따님이라고 폐하에 대한 사랑이 결코 부족한 게 아닙니다. (채찍을 맞고 쓰러진다)

리어왕 켄트, 목숨이 아깝거든 아무 말도 하지 마라.

켄트 제 목숨은 언제나 폐하의 적들에게 바칠 각오가 되어 있습니다.

리어왕 꼴도 보기 싫소.

켄트 폐하, 제발 사물을 냉철하게 보십시오.

리어왕 이 못된 놈! 제 분수도 모르고! (칼에다 손을 가져다 댄다)

알바니, 콘월 폐하, 참으십시오.

켄트 어서 저를 죽이시어 나쁜 병에 던져 주십시오. 폐하께서 결정을 거두시지 않으면 저는 소리를 외칠 수 있는 한 폐하의 잘못된 처사를 계속 외쳐 대겠습니다.

리어왕 이 불충한 놈아, 듣거라! 나에 대한 충성이 있다면 내 말을 들어라! 넌 여태껏 한 번도 깨뜨린 적이 없는 맹세를 깨뜨리려고 하였다. 어디 그뿐인가? 오만불손하게도 과인의 결정을 집행하지 못하도록 훼방을 했으니 국왕의 권한이 어떠한 것인지 오늘 확실히 보여주마. 5일 간 시간을 주겠다. 그동안 세파의 고초를 맞을 준비를 하라. 그리고 6일째 되는 날에는 네 가증스런 등을 돌려 이곳에서 떠나라. 만약 10일 후에도 이곳에서 네 몸뚱이가 발견된다면 즉각 사형에 처하겠다. 자, 가라! 주피터 신께 맹세하거니와 이 명령은 절대로 취소하지 않겠다.

켄트 폐하, 안녕히 계십시오. 폐하께서 끝내 그렇게 처리하시겠다면 이 나라엔 자유 대신 추방만이 남는군요. (코델리아에게) 공주님의 마음과 말씀은 그지없이 훌륭하셨습니다. 신하들이 부디 피난처로 인도해 주기를 기원합니다. (고네릴과 리건에게) 두 분 공주님, 제발 그 말씀대로 실천하시기를 바랍니다. 그래서 효행이 좋은 결실을 이루기를 빕니다. (일동에게) 이 켄트는 이제 여러분에게 작별 인사를 드립니다. 새로운 나라에 가서도 이처럼 뜻을 굽히지 않고 살아가겠습니다. (퇴장)

🎵 나팔 소리, 글로스터가 프랑스 왕과 버건디 공을 안내해서 다시 등장. 시종들이 이들 뒤를 따른다.

글로스터 폐하, 프랑스 왕과 버건디 공이 오셨습니다.

리어왕 버건디 공, 공은 우리 딸을 얻기 위해 프랑스 왕과 경쟁하셨는데, 딸의 지참금을 얼마나 원하시오?

버건디 폐하, 소신은 폐하께서 하사하시는 것 이상을 바라지 않사오며, 또한 폐하께서 적게 주시리라고도 생각지 않습니다.

리어왕 버건디 공, 나도 그렇게 하려고 했소. 저 애가 내게 소중한 존재였을 때에는 재산을 주려고 했지만, 지금은 아니오. 저기 지금 서 있는 딸애에게 내가 줄 것이라고는 분노밖에 없소. 그러니 저 애가 마음에 든다면 알몸으로 데리고 가시오.

버건디 뭐라 답변을 드려야 할지 모르겠습니다.

리어왕 저 애는 결점투성이인데다가 자기 편도 없고 이 애비 미
움까지 샀으니, 내 저주를 지참금으로 가져가야 하오. 나와
남남이 되기로 맹세까지 한 저 애를 아내로 삼겠소?

버건디 폐하, 매우 황송하오나, 그런 조건으로는 아무 말씀을 드
릴 수가 없습니다.

리어왕 그렇다면 포기하시오. 하느님께 맹세하오만, 저 애의 재
산은 지금 내가 말한 그대로요. (프랑스 왕에게) 왕이여, 나는
귀하가 나에게 베푼 호의를 배반할 수가 없기에 내가 미워하
는 딸과 결혼해 주십사고 감히 청할 수가 없구려. 그러니 인
정머리라곤 하나도 없는 창피스런 우리 딸애와 결혼하기보
다는 더 가치 있는 여자를 찾는 것이 좋을 것 같소.

프랑스 왕 참으로 해괴한 일이군요. 조금 전까지도 폐하에게 최
고로 가치 있는 존재였고 지극한 사랑을 받는 따님으로 자
랑거리가 되었던 공주님이 무슨 대죄를 지어 이렇게 되었나
요? 연로하신 폐하의 위로가 되었던 착하고 사랑스런 공주님
이 죄를 범했다면 분명히 악마의 짓이거나 아니면 지금까지
폐하의 말씀이 거짓된 것으로 의심할 수밖에 없습니다. 이런
일을 어떻게 이성으로 생각할 수 있겠습니까?

코델리아 폐하, 제발 제가 마음에 없는 소리를 못한다는 것을 말

씀해 주세요. 하지만 저는 일단 마음을 먹으면 꼭 실천을 한답니다. 제가 아버지의 총애를 잃은 까닭은 무슨 악덕이나 불미스런 행실, 부정하고 불명예스런 행동 때문이 아니라 아첨을 하지 못하기 때문이라는 것을 말씀해 주세요. 그래서 아버지의 총애를 잃었다는 걸요.

리어왕 너 같은 것은 애당초 태어나지도 말았어야 했다. 마음에 들고 안 들고는 차후의 문제야.

프랑스 왕 그것뿐입니까? 아첨을 하지 못하는 것, 그것이 죄란 말씀입니까? 버건디 공, 이제 어떻게 하시겠습니까? 공주와 결혼하시겠소? 그녀의 재산은 오로지 그녀 자신뿐이랍니다.

버건디 폐하, 당초에 제의하신 영토만이라도 주십시오. 그러면 지금 이 자리에서 코델리아 공주를 버건디 공작부인으로 선포하겠습니다.

리어왕 아무것도 주지 않겠다고 나는 이미 맹세했소.

버건디 (코델리아에게) 매우 죄송합니다. 공주께서는 아버지와 동시에 남편을 잃게 되었군요.

코델리아 버건디 공은 안심하십시오! 재산을 탐내어 결혼하기를 원하는 사람에게는 저도 시집가지 않을 테니까요.

프랑스 왕 아름다운 코델리아 공주, 그대는 가난하지만 더욱 풍요롭고, 버림을 받았으므로 더욱 소중하며, 경멸을 당했으므로 더욱 사랑스러운 분이 되셨습니다. 따라서 나는 이 자리에서 당신과 당신의 미덕을 꼭 붙잡겠습니다. 버려진 것을 주웠는데 누가 뭐라 하겠습니까! 아, 참으로 이상한 일입니다. 모두 차갑게 등을 돌렸는데, 제 사랑은 오히려 뜨겁게 타오르니 말입니다. 국왕 폐하, 지참금도 없이 내동댕이쳐진 따님, 코델리아 공주를 이제부터 프랑스 왕비로 삼겠습니다. 나약한 버건디의 모든 공작들이 벌 떼처럼 덤벼도 이렇게 존귀한 공주를 나에게서 빼앗아 가지는 못할 것입니다. 코델리아 공주, 여기 비록 인정이라곤 눈곱만치도 없는 사람들이지만, 작별인사를 하시오. 여기보다 더 좋은 나라가 그대를 기다리고 있답니다.

리어왕 그 애는 지금 이 순간부터 당신 것이오. 내게는 그런 딸이 있지도 않았고, 그 애 얼굴을 두 번 다시 보고 싶지 않소. 그러니 빨리 가 주시오. 내 입에서 사랑에 넘친 축복의 말도 해줄 수가 없소. 자, 우린 갑시다, 버건디 공. (트럼펫의 화려한 취주. 리어, 버건디, 알바니, 콘월, 글로스터, 시종들 퇴장)

프랑스 왕 언니들에게 작별인사를 하시오.

코델리아 아버지의 보석인 언니들, 이 동생은 눈물을 흘리며 인사를 드릴게요. 동생된 도리로서 어찌 언니들의 결점을 입에 올리겠어요. 아버지를 잘 모시세요. 언니들이 말한 대로 그 지극한 효심을 믿고 아버지를 부탁드릴게요. 오, 내가 아버지의 사랑을 잃지만 않았어도 좀 더 좋은 곳에 모셨을 텐데. 그러면 언니들, 안녕히 계세요.

리건   네 말 따위는 듣고 싶지 않다.

고네릴   네 남편이나 정성껏 모셔서 기쁘게 하거라. 운명의 여신이 은혜를 베풀어 널 구제한 분이라는 것 잊지 말고. 넌 아버지를 배반했으니까 남편한테 버림을 받아도 불평을 하지 못할 거야.

코델리아   시간이 흐르면 진실은 밝혀질 거예요. 그래서 허물이 드러나 끝내 창피를 당하게 되죠. 이제 정말 안녕히들 계세요.

프랑스 왕   자, 갑시다, 코델리아 공주. (프랑스 왕과 코델리아 퇴장)

고네릴   애, 나랑 얘기 좀 하자. 우리 둘에게 직접 관계되는 일이야. 아버지가 오늘 밤 여길 떠나실 것 같아.

리건   나도 그렇게 생각했어요. 언니한테 가서서 다음 달에 내게로 오실 거예요.

고네릴   너도 오늘 보았다시피 이거 보통 일이 아냐. 아버지는 늙으셔서 그런지 망령기가 있나 봐. 늘 사랑해 왔던 막내동생을 그렇게 박정하게 내치시다니, 너무하시지 뭐니?

리건   노망 때문이죠. 아직도 그것에 대해선 잘 모르시는 것 같아요.

고네릴   매우 이성적이셨을 때에도 성질이 불 같으셨는데, 이젠 나이도 드신데다 오랜 세월 동안 고집불통에 노망까지 부리시니, 정말 걷잡을 수 없을 거야. 반드시 각오해야 할 거야.

리건 하긴 우리도 켄트 공처럼 언제 날벼락을 맞을지 몰라요.

고네릴 프랑스 왕과 아버지는 작별인사를 하려면 꽤 시간이 필요할 거야. 그동안 우리가 서로 힘을 합쳐 공동전선을 펴자. 만약 아버지께서 아까처럼 망령된 위세를 부리신다면, 유산으로 주신 영토나 권한도 그저 골칫거리로 변하고 말 거야.

리건 앞으로 신중히 생각해 보기로 해요.

고네릴 당장 무슨 수를 써야겠어. 쇠뿔도 단김에 빼라고 했잖아.

　　(두 사람 퇴장)

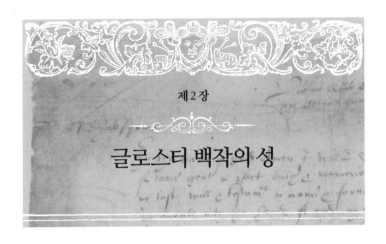

제2장

글로스터 백작의 성

🌱 에드먼드, 편지를 들고 등장

에드먼드 나의 여신 자연이여, 나는 이제 그대의 법칙에 복종할
것이다. 무엇 때문에 내가 관습이나 법률의 희생양이 되어
재산권을 박탈당해야 하는가? 내가 형님보다 열두 달에서
열네 달쯤 늦게 태어나서 그런 거냐? 아니면 내가 사생아이
기 때문에 천하다는 거냐? 내 육체는 정실 부인의 아들처럼

건장하고 마음씨는 온순하며, 모습 또한 아버지를 꼭 빼어 닮아 준수하지 않은가. 그런데도 사생아라고 손가락질을 받는 이유가 뭔가! 천하다고? 야비하다고? 넌덜머리 나는 지긋지긋한 잠자리 속에서 생긴 이 세상 바보 천치들과는 달리, 자연의 본능에 따라 생겨난 내가 더 강한 생명력을 이어받았을 게 아닌가. 좋아, 정실 자식 에드가야, 네 재산을 내가 차지해야겠다. 아버지의 사랑은 첩의 자식이나 정실 자식이거나 같을 게 아닌가. 적자라는 말은 훌륭하지만, 만일 이 편지가 내 뜻대로 작용만 한다면 첩의 자식 에드먼드는 반드시 정실 자식을 누르게 될 것이다. 나는 출세할 것이다. 아, 하늘에 계신 신들이시여, 우리 사생아들을 돌보아 주소서.

🦢 글로스터 등장

글로스터 켄트가 그렇게 추방되다니! 프랑스 왕은 화가 난 채로 떠났고! 폐하께서는 왕권을 이양하시고 생활비만을 받으며 궁색하게 여생을 보내신다? 그런데 이 모든 일이 순식간에 일어났단 말이지! 에드먼드야, 무슨 일이냐? 그게 뭐냐?

에드먼드 (일부러 당황한 척하며 편지를 숨긴다) 아닙니다, 아버지. 아무것도 아닙니다.

글로스터 왜 그렇게 놀라서 편지를 숨기느냐?

에드먼드 아무 일도 아닙니다, 아버지.

글로스터 아무 일도 아니라면서 감출 필요가 있느냐? 어디 보자, 아무 일도 아니라면 안경을 쓰고 주의해서 볼 필요도 없겠 구나.

에드먼드 아버지, 용서하십시오. 이 편지는 형님이 보낸 것으로, 읽지 않으시는 편이 나을 듯합니다.

글로스터 편지를 이리 다오.

에드먼드 아버지께서 읽으시면 역정을 내실 내용입니다.

글로스터 자, 어서 이리 다오.

에드먼드 이 편지는 형님이 제 효심을 떠보기 위해 쓴 것인 듯합 니다.

글로스터 (읽는다)

"노인을 존경하는 세상의 관습은 인생의 꽃인 우리 청춘을 얼마나 괴롭히고 고달프게 하는가. 우리가 재산을 양도받 을 때쯤이면 이미 늙은이가 되어 인생을 즐길 수조차 없다. 노인은 실력이 아니라 우리의 맹목적인 복종으로 우리를 다스린다. 이 문제에 대해서 너와 얘기를 나누고 싶구나. 이 곳으로 와 다오. 만일 아버지께서 내가 깨울 때까지 주무신 다면, 너는 아버지의 수입 중 반을 차지하게 될 것이다. 그리고 너는 내 사랑스러운 동생이 되겠지. 에드가."

음, 누가 봐도 음모로구나. "만일 아버지께서 내가 깨울 때까지 주무신다면 너는 아버지의 수입 중 반을 차지하게 될 것이다……." 내 자식 에드가가 이걸 썼단 말이지? 이 편지가 언제 왔더냐? 누가 가져왔더냐?

에드먼드 누가 들고 온 게 아닙니다, 아버지. 참으로 괴이하게도 제 창문 앞에 던져져 있었습니다.

글로스터 네 형의 필체가 확실하냐?

에드먼드 내용이 이러한데 어찌 형님의 필체라고 할 수 있겠습니까?

글로스터 이것은 틀림없는 네 형의 필체야.

에드먼드 필체는 분명히 형님의 것이지만 마음은 아닐 것입니다.

글로스터 전에 이런 일로 네 마음을 떠본 일이 있었느냐?

에드먼드 없었습니다, 아버지. 하지만 종종 자식이 성장하면 부모는 자식의 보호를 받아야 하며, 자식이 재산을 관리해야 한다는 말을 한 적이 있습니다.

글로스터 몹쓸 놈 같으니라고! 천하에 악당이구나. 짐승만도 못한 놈이야. 그놈을 당장 찾아서 내 앞에 대령하거라. 그놈 지금 어디 있느냐?

에드먼드 잘 모르겠습니다. 하지만 잠시 노여움을 거두시고, 더 뚜렷한 증거를 찾으실 때까지 기다리시는 것이 좋을 듯합니다. 만일 형님의 진의를 잘못 파악해 과격한 행동을 취하신다면, 아버지의 명예를 더럽힐 뿐만 아니라 형님의 효심까지 완전히 깨뜨리고 말 것입니다. 제가 단언하건대 이 편지는 형님께서 제 효심을 시험하려고 한 것이지 다른 의도가 있었던 것은 아닐 것입니다.

글로스터 정말 그렇게 생각하느냐?

에드먼드 만일 아버지께서 원하신다면, 저희가 주고받는 대화를 직접 들으시고 판단하시지요. 더 지체할 것 없이 오늘 밤이 어떻습니까?

글로스터 설마 그놈이 그런 짓을 할 리가 없어.

에드먼드 물론 저도 그럴 것이라 생각합니다.

글로스터 이토록 저를 사랑하는 아비에게 이 무슨 패악한 짓이란 말이냐! 에드먼드야, 당장 그놈을 찾아내거라. 그래서 그놈의 속셈이 뭔지 알아내어 나에게 좀 알려다오. 내가 기필코 알아내야겠다.

에드먼드 알겠습니다. 최선을 다해 진상을 알아내겠습니다.

글로스터 요즘 일어난 일식과 월식이 모두 불길한 징조였구나. 천지 이변은 언제나 인심을 들뜨게 하는 법이다. 사랑은 식고, 우정은 금이 가고, 형제들은 서로 반목하고, 도시는 폭동이 일어나고, 농촌은 봉기하며, 궁중에서는 모반이 발생하고, 부자간의 인연이 끊어진다. 천하의 몹쓸 놈이 된 내 아들놈에게도 이 예언은 적중한 거야. 아들은 어버이에게 등을 돌리고, 왕은 정도를 벗어나고, 어버이는 아들을 학대한다. 세상이 말세가 되니 음모와 거짓, 배신 등 우리의 몸을 망칠 모든 비행이 우리의 마음을 흔들고 무덤에까지 우리를 몰아세운다. 에드먼드야, 그 악당을 찾아내어라. 네 수고가 헛되지 않도록 용의주도하게 하는 것도 잊지 말고. 기품 있고 고결한 켄트가 추방되다니! 그것도 정직하다는 죄목으로! 참으로 해괴한 일이로다. (글로스터 퇴장)

에드먼드　참으로 우스꽝스럽구나. 인간이 재난을 당하는 걸 해나 달, 별 등 자연 탓으로만 돌리니 말야. 대부분 자업자득으로 생기는 게 재난 아닌가. 하늘의 뜻에 따라 바보가 되고 주정뱅이, 사기꾼, 악당, 음탕한 인간이 되는 것처럼 여기다니. 마치 자신의 나쁜 성질을 자연 탓으로만 돌리니, 참으로 어처구니없는 책임 회피로구나! 아버지와 어머니가 큰곰자리 밑에서 서로 사랑해서 내가 태어났기 때문에 내 성정이 거칠고 음탕하다 이거지. 하긴 사생아가 태어날 때 하늘에서 가장 순결한 처녀성이 빛나고 있었다 하더라도, 나는 여전히 요 모양 요 꼴이 될 수밖에 없었겠지.

🍂 에드가 등장

에드먼드 아, 에드가 형님이 오는구나. 옛날 희극의 마지막 장면처럼 잘 나타났군. 내 역할은 거짓된 한숨을 지으며 우울한 표정을 짓는 역할이지. 아, 일식, 월식이 이 모든 불화의 징조였구나.

에드가 에드먼드, 뭘 그렇게 골똘히 생각하고 있니?

에드먼드 요즘 일어난 일식, 월식 뒤에 무슨 일이 일어날까 생각하는 중이었어요. 전에 그것에 대한 예언서를 읽은 적이 있거든요.

에드가 너 설마 그런 걸 좋아하는 건 아니겠지?

에드먼드 거기 씌어 있는 예언대로 일이 벌어지는 걸요. 자식과 부모 간의 불화, 변사, 기근, 배신, 국론 분열, 귀족에 대한 협박, 모략, 중상, 의심, 친구의 추방, 반역, 이혼 등 여러 가지 조짐이 보여요. 도대체 세상이 어떻게 돌아가는지 몰라서요.

에드가 너 언제부터 그런 점성술 공부를 했니?

에드먼드 그보다 아버지를 가장 최근에 뵌 것이 언제예요?

에드가 지난밤에 뵈었지.

에드먼드 이야기를 나누셨나요?

에드가 그럼, 두 시간 가량 함께 있었는걸.

에드먼드 혹시 아무 일도 없었나요? 아버지의 비위를 거슬리게 한 적이 없나요?

에드가 아니, 아무 일도 없었는데.

에드먼드　잘 생각해 보세요. 아버지의 비위를 거슬리게 한 일이 있었는지. 제 생각엔 당분간 아버지를 뵙지 않는 게 좋을 것 같아요. 지금 아버지가 몹시 분노하고 계시거든요.

에드가　어떤 몹쓸 녀석이 나를 모략한 모양이군.

에드먼드　제가 봐도 그래요. 아버지의 노여움이 가라앉을 때까지 잠시 제 방으로 가시죠. 그럼 아버지의 말씀이 들리는 곳으로 안내해 드릴 테니까요. 자, 가시죠. 그리고 외출하실 때에는 무기를 잊지 마세요.

에드가　무기를 갖고 다니라고?

에드먼드　형님, 형님을 위해 말씀드리는 건대 지금 형님에게 호의를 가진 사람은 단 한 사람도 없어요. 그것에 대해 솔직히 말씀드릴 수 없을 정도로 무서운 일이죠. 자, 어서 가세요.

에드가　네가 그럼 소식을 전해 주겠지?

에드먼드　염려 마세요. 제가 최선을 다할 테니까요. (에드가 퇴장) 남을 잘 믿는 아버지, 그리고 고상한 성격의 형님은 천성적으로 남을 해칠 줄을 몰라 의심할 줄 모르지. 그러한 성격이 내가 노리는 거야. 이제 책략은 순조롭게 진행되고, 결말이 눈에 훤히 보이는구나. 혈통으로 안 되면 머리를 써서 땅을 차지해야지. 일만 잘되면 무슨 상관이야. (에드먼드 퇴장)

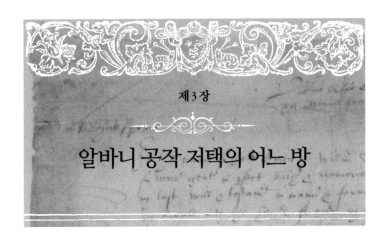

제3장

알바니 공작 저택의 어느 방

고네릴과 집사 오스왈드 등장

고네릴　아버지가 광대를 나무랐다고 너를 때리셨단 말이냐?

오스왈드　예, 그렇습니다.

고네릴　기가 막히는군. 밤낮으로 나를 골탕 먹이시니 집안이 온
　　통 난장판이야. 이젠 나도 더 이상 참을 수 없어. 사냥에서
　　돌아오시더라도 나는 마중 나가지 않을 테니 아프다고 전하

거라. 예전처럼 시중을 정성껏 들 필요도 없고. 모든 뒷감당은 내가 할 테니까 걱정 말고. (안에서 뿔나팔 소리)

오스왈드 지금 오시는 소리가 들리는데요.

고네릴 가능하면 게으름을 피우거라. 아버지가 그것을 문제 삼을 수 있도록. 그게 못마땅하시면 동생한테 가겠지. 하지만 동생도 마찬가지일 거야. 한번 양도한 권력을 다시 휘두르겠다는 심사는 망령된 생각이야. 늙은이는 꼭 어린애 같다니까. 비위만 맞춰 주면 꼭 도가 지나쳐 혼내야 하니까 말야. 내 말을 명심하도록 해.

오스왈드 잘 알겠습니다.

고네릴 아버지의 기사들한테도 친절하게 대하지 마. 무슨 일이 일어나도 좋아. 아니, 일어나도록 해야겠어. 그래야 하고 싶은 말을 다할 수 있거든. 동생에게는 곧 편지를 보내어 나와 같은 행동을 하도록 일러둬야겠어. 가서 저녁식사를 준비하거라. (두 사람 퇴장)

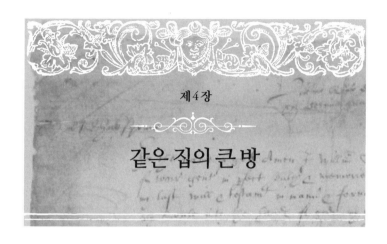

제4장

같은 집의 큰 방

켄트 백작, 변장을 하고서 등장

켄트   여기다 목소리까지 바꾼다면 내 목적을 충분히 달성할 수 있을 텐데. 아, 켄트여! 너를 추방한 그분을 잘 모실 수만 있다면, 네 수고를 알아주실 날이 반드시 있을 텐데.

🎺 뿔나팔 소리. 리어왕, 많은 기사들과 시종들을 거느리고 등장

리어왕 잠시도 기다릴 수 없구나. 자, 즉시 식사를 대령시켜라. (시종 한 명 퇴장) 아니, 너는 누구냐?

켄트 남자입니다요.

리어왕 내게 무슨 용건이라도 있는 거냐?

켄트 보시다시피 행색은 이렇지만 저를 믿어 주시는 분께는 신명을 다해 봉사하고, 정직한 분을 사랑하며, 현명하고 말수가 적은 분과 사귑니다. 그리고 신의 심판을 두려워하며, 부득이한 경우에는 싸우기도 하는 충실한 종복입니다.

리어왕 네 몰골이 왜 그 모양이냐?

켄트 이 나라의 국왕처럼 가난해서 그렇지요.

리어왕 자네의 가난한 처지가 내 처지와 같다면, 자네는 정말 가난뱅이인가 보구나. 여긴 무슨 일로 왔는가?

켄트 섬기고 싶습니다.

리어왕 누구를 섬기고 싶단 말이냐?

켄트 당신을 섬기고 싶습니다.

리어왕 넌 나를 아느냐?

켄트 모릅니다만, 당신에게는 뭔가 모를 느낌이 있습니다.

리어왕 그것이 뭐냐?

켄트 위엄 같기도 하고.

리어왕 넌 어떤 일을 할 수 있느냐?

켄트 무엇보다 비밀을 지킬 수 있습니다. 말을 탈 수도 있으며 심부름도 잘합니다. 복잡한 얘기는 놓치는 경우가 없지 않아 있지만 단순한 얘기는 솔직하게 말할 줄도 압니다. 보통 인간이 할 수 있는 일은 무엇이든 합니다. 뭐니뭐니 해도 소인의 장점은 부지런한 점입니다.

리어왕 나이는 몇이냐?

켄트 노래를 잘하는 여자를 사랑할 만큼 젊지도 않고, 여자라면 무조건 좋아할 만큼 늙지도 않았습니다. 이제 마흔여덟 살이 좀 지났을 뿐입니다.

리어왕 나를 따라오너라. 너를 하인으로 채용하마. 저녁식사 후에도 내 마음에 들면 너를 내 곁에 두겠다. 여봐라, 식사를 가져와! 시종은 어디 갔느냐? 광대는? 가서 광대를 불러오너라. (시종 한 명 퇴장)

💬 오스왈드 등장

리어왕 이놈아, 내 딸은 어디 있느냐?.

오스왈드 황공하옵니다만……. (능청을 부리며 퇴장한다)

리어왕 저놈이 지금 뭐라고 했지? 저 느림보를 불러와라. (기사 퇴

장) 내 광대는 어디 갔느냐? 온 세상이 잠든 것 같구나. (기사
돌아온다) 그 들개 같은 놈은 어디 갔느냐?

기사 그자 말이 공작부인께서 몸이 편치 않으시다고 합니다.

리어왕 누가 불렀는데 감히 오지 않는 거야?

기사 아주 무례한 말투로 오기 싫다고 합니다.

리어왕 오기 싫다?

기사 폐하, 자세한 사정은 모르겠습니다만 폐하를 모시는 태도
가 예전과는 달리 무엄하고 불손한 듯합니다. 시종들뿐만이
아닙니다. 공작부부까지도 예전과 달리 냉담합니다.

리어왕 아니! 무엇이 어째?

기사 폐하, 소신이 잘못 생각했다면 용서해 주십시오. 폐하께서
냉대를 받으시는 걸 보고도 입을 다물고 있는 것이 어찌 신
하로서 도리겠습니까?

리어왕 아니다, 나 역시 짚이는 데가 있다. 요즘 들어 나도 그러
한 생각이 들긴 했지만, 설마 다른 의도가 있겠나 싶었다. 고
의로 불손하게 군다고 생각지 못하고 내 자신이 옹졸해서 의
심하는 줄로만 알았다. 그래서 오히려 자신을 책망해 왔지.
자, 앞으로 좀 더 살펴보자. 그러나저러나 광대는 어디 갔느
냐? 이틀 동안이나 보이지 않는구나.

기사 막내공주님께서 프랑스로 떠나신 후로 몹시 상심해 있습
니다.

리어왕 이제 그 이야기는 그만두자꾸나. 나도 잘 아니까. 가서 내 딸보고 할말이 있다고 전해라. (시종 한 사람 퇴장) 자, 너는 가서 광대를 불러와라. (다른 시종 한 사람 퇴장)

🌱 오스왈드 다시 등장

리어왕 여봐라, 넌 내가 누구라고 생각하느냐?

오스왈드 주인아씨의 아버지시죠.

리어왕 주인아씨의 아버지라! 이 종놈이! 이 개 같은 놈! 노예 놈아! 개자식아!

오스왈드 황송하옵니다만 저는 개자식이 아닙니다.

리어왕 이놈이! 이놈이 누굴 노려봐! (오스왈드를 때린다)

오스왈드 때리지 말아요! (오스왈드가 국왕의 채찍을 잡고 돌린다)

켄트 (다리를 걸어 넘어뜨린다) 이 개자식아! 어디서 개수작이야?

리어왕 잘했다! 내 마음에 드는구나.

켄트 (오스왈드에게) 이 자식 꺼져 버려! 처지를 알았으면 썩 꺼져 버려! 개자식아, 내 가랑이 사이로 기어나가란 말야! 꼬리를 바짝 내리고 몸뚱이로 땅을 재고 싶으면 거기 누워 있든지 아니면 깨갱거리며 기어가! (오스왈드 기어나간다)

리어왕 잘했다. (돈을 조금 주며) 우선 네 보수를 선불해 주겠다.

✍ 광대 등장

광대 저도 이 사람을 고용하겠습니다. 자, 이 모자를 써 봐. (켄트
에게 닭털 모자를 준다)

리어왕 나의 귀염둥이, 기분이 어떻느냐?

광대 내 빨간모자를 쓰는 게 좋을 거야.

켄트 왜 그렇다는 거야?

광대 왜냐구? 쪼그라드는 사람의 편을 들어 바람 부는 대로 흔
들리는 신세가 될 테니까 그렇지. 자, 이 빨간모자를 받아라.
(리어왕 쪽을 향해) 이 사람은 두 딸을 쫓아내고 셋째딸에게
는 마음에도 없는 축복을 주었단 말야. 이 사람을 따라다니
려면 모자를 써야 돼. 어때요? 내게 빨간모자 두 개와 딸이
둘 있었으면 좋겠네요.

리어왕 왜?

광대 딸들에게 재산을 다 주어도 빨간모자 하나만은 남겨야 할
테니까요. 임시로 내 것을 하나 드릴게요. 아니면 딸들에게
머리를 숙이고 하나 달라고 하든지요.

리어왕 말조심해, 이놈아!

광대 충실한 개는 개집에서 쫓거나 매질만 당하고 아첨쟁이 암
캐는 따뜻한 난롯가에 누워 냄새를 폴폴 풍기고 있지요.

리어왕 이놈이, 아픈 데만 찌르는구나!

광대 (켄트에게) 어이, 내 교훈 하나 말해 줄까?

리어왕 그래라.

광대 잘 들어보라고.

속을 다 보이지 말고, 아는 걸 다 말하지 말라.
가진 것 이상으로 꾸어 주지 말고 걷느니보다는 말을 타라.
들어도 전부 믿지 말고 내기엔 적게 걸어라.
주색을 가까이 하지 말고 집에 들어앉으면
열의 두 배인 스물보다 돈이 더 많이 모인다.

켄트 쓸데없는 소리 작작 해라, 이 바보야.

광대 그렇다면 아무런 보수를 받지 않았으니까 무료 변론한 거네요. (리어왕에게) 아저씨, 쓸데없는 소리는 해선 안 되나요?

리어왕 그렇지. 아무것도 생기지 않으니까.

광대 당신의 꼴도 그렇다는 걸 알아두세요.

리어왕 광대 놈이 입버릇 참 고약하구나!

광대 그대 아는가, 입버릇 좋은 광대와 나쁜 광대의 차이를?

리어왕 모른다. 가르쳐 다오.

광대 (노래한다)

영토를 주어 버리라고 충동질한 자가 있다면 내 곁에 당장

대령시켜라. 없으면 그대가 그 역할을 할지어다. 입버릇 좋은
광대와 나쁜 광대가 당장에 나타나리라. 얼룩 옷 입은 좋은
광대는 이쪽이오. (자기 자신을 가리킨다) 나쁜 광대는 저쪽
이로세! (리어왕을 가리킨다)

리어왕　이놈아, 내가 나쁜 광대라고?

광대　당연하죠. 모든 직함을 몽땅 딸들에게 양도하셨잖아요.

켄트　이놈은 완전한 바보는 아닌 것 같습니다.

광대　맞아요. 영주님이나 훌륭한 분들이 내가 혼자서 바보 노릇
하는 것을 내버려 두지 않잖아요. 혼자서 광대의 전매특허를
가지려고 하면, 그 양반들도 한몫 끼겠다고 야단이죠. 부인들
도 마찬가지고요. 나 혼자 광대 노릇을 하게 내버려 두지 않
는다 이 말씀이에요. 달려들어 서로 가져가려고 찢고 난리예
요. 아저씨, 달걀 하나만 줘요. 그러면 왕관 두 개를 줄게.

리어왕　무슨 왕관이 두 개란 말이냐?

광대　그야 달걀 가운데를 잘라서 노른자를 먹으면 왕관이 두 개
가 되지요. 당신은 왕관을 두 토막내어 남에게 다 준 뒤 당
나귀를 짊어지고 진흙길을 걸어가고 있잖아요. 그러니까 왕
관을 남에게 준 것은 머리가 골통이라서 그렇죠. 내가 시답
잖은 말을 한다고 하는 놈이야말로 매로 다스려야 해. (노래
한다)

올해는 바보가 실속 없는 해

지혜로운 자가 멍청이가 되어

하는 짓이 숙맥 같구나!

리어왕 언제부터 그런 노래를 부르게 됐지?

광대 아저씨가 딸들에게 어머니 노릇을 시켰을 때부터죠. 그때 당신은 딸들에게 회초리를 주고 때려 달라고 바지를 걷어올렸죠. (노래한다)

그들은 별안간 기뻐서 울었고

나는 슬퍼서 노래했네.

임금님은 술래잡기하며 바보들 패거리에 끼여 있네.

아저씨, 저에게 거짓말을 가르쳐 줄 선생님을 하나 붙여 줘요. 거짓말을 배우고 싶어 죽을 지경이에요.

리어왕 거짓말을 하면 매질하겠다.

광대 당신하고 당신 딸들은 정말 이상한 사람들이에요. 딸들은 내가 진실을 말한다고 매질하려 하고, 당신은 내가 거짓말을 한다고 매질을 하려 하거든요. 게다가 말을 안 하면 안 한다고 매를 때리겠지? 이제 광대 짓을 하기 싫어요. 그렇다고 아저씨처럼 되는 것도 싫고. 아저씨는 지혜의 양쪽 끝을 너무 잘라 버려 남은 게 하나도 없거든요. 보시라니까요? 저기 잘라낸 조각 하나가 오네요.

🎵 고네릴 등장

리어왕 무슨 일이냐? 요즘엔 계속 찌푸리고 있으니.

광대 딸이 인상을 쓰든 말든 신경 쓸 필요가 없었을 때가 행복한 시절이었죠. 지금 당신의 몰골은 숫자 영의 신세예요. (고네릴에게) 알았어요, 입 다물죠. 말은 하지 않지만 당신 얼굴이 입 다물라고 명하네요. (노래한다)

세상만사가 싫다고 빵 껍질과 빵 부스러기를 다 버린 사람도 배고프면 먹어야 해. (리어왕을 가리키며) 저 작자는 알맹이 빠진 콩깍지야.

고네릴 아버지, 아무 말이나 닥치는 대로 지껄이는 이 광대뿐만 아니라, 데리고 계신 기사들까지 틈만 나면 싸워 대니 도저히 견딜 수가 없어요. 그래서 아버지께 단속해 달라고 말씀드리려고 했죠. 하지만 가만히 보니 아버지가 오히려 선동하시는 게 아닌가 하는 생각까지 들어요. 만일 이게 사실이라

46

면 대책을 강구해야겠어요. 어쩌면 아버지의 기분을 상하게 해드릴지도 모릅니다만, 어쩔 수 없이 이렇게 한다는 걸 알아주세요. 세상 사람들도 다 잘했다고 할 거예요.

광대 아저씨는 이 노래 아시죠? "바위종다리가 뻐꾸기를 길렀다가 결국에는 먹혀 버렸네. 그래서 우리는 어둠 속에 남게 되었네."

리어왕 너, 내 딸이냐?

고네릴 아버지, 그 머릿속에 꽉 들어찬 지혜를 활용하세요. 어울리지도 않는 광기는 그만 부리시고요.

광대 수레가 말을 끄는데 왜 당나귀인들 이상하다고 안 여기겠소? 아, 아줌마! 난 아줌마한테 반했어.

리어왕 여보게들, 내가 누구냐? 너희들이 나를 아느냐? 이 사람은 리어가 아냐. 리어가 이렇게 걷고 이렇게 말을 하더냐? 눈은 어디 있지? 지혜는 어디로 갔냐고? 내가 깨어 있나? 아냐, 그럴 리가 없어. 내가 누구인지 말해 줄 사람이 없느냐?

광대 희미한 옛 사랑의 그림자지, 뭐.

리어왕 그래, 바로 그거야. 난 국왕이었으며 이성과 지혜가 있는 한 내게 딸들이 있었다는 걸 알아.

광대 그 딸들이 아저씨를 온순한 아버지로 만들 작정인가 봐요.

리어왕 귀부인, 당신의 고결한 이름은 무엇인가요?

고네릴 그렇게 놀라신 척하는 것도 아버지께서 요즘 자주 나타내는 망령기예요. 제발 제 뜻을 오해하지 마세요. 아버지께서는 100명의 기사와 시종들을 거느리고 계십니다. 그런데 그 기사들은 한결같이 난폭하고 방탕하며 뻔뻔한 자들이죠. 무슨 방도를 취해야 해요. 이 훌륭한 저택이 술집이나 창녀들의 집처럼 되었다고요. 그러니 아버지의 수행원들 수를 좀 줄여 주세요. 그러지 않으시겠다면 제 마음대로 줄이겠어요. 그래서 아버지의 처지와 신분을 잘 아는 사람으로 뽑아야 한다고요.

리어왕 악마 같은 년! 내 말에 안장을 얹고 시종들을 불러라. 썩 어문드러진 사생아 같으니라고! 더 이상 네 신세를 지지 않겠다. 내게는 또 하나의 딸이 있다고.

🍃 알바니 등장

리어왕 이제 와서 후회한들 무슨 소용이겠느냐. (알바니에게) 아, 왔는가. 이게 자네의 뜻이었는가? 말해 보게나. (시종에게) 내 말을 준비하라. 배은망덕한 놈들! 돌처럼 차디찬 악마야, 네가 자식의 탈을 쓰고 있으니 바다의 괴물보다 더 끔찍하게 보이는구나!

알바니 제발 고정하십시오.

리어왕 (고네릴에게) 흉악한 년! 거짓말쟁이! 내 시종들은 지극히 드문 자질을 가진 우수한 기사들이다. 신하의 의무에 대해서는 빠짐없이 알고 있지. 그들의 작은 허물이 어찌 너에게는 그토록 추하게 보였단 말이냐! 그 작은 결함이 고문 도구처럼 인간의 정을 뽑아내고 가혹한 마음만을 덧붙였구나. 오, 리어, 리어, 리어! (자신의 머리를 때린다) 어리석음을 불러들이고, 소중한 판단력을 쫓아버린 이 머리통을 때려 부숴라! 가자, 시종들아. (기사들과 켄트 퇴장)

알바니 폐하, 전 죄가 없습니다. 무엇 때문에 화를 그토록 내십니까?

리어왕 그럴지도 모르지. 자연의 여신이여, 내 말을 들어라! 자연의 여신이여, 들어다오. 만약 이년의 몸에서 자식을 낳게 할 뜻을 가졌다면 멈추어다오. 이년의 배를 불모지로 만들어다오. 이년 몸속에 있는 생식 기능을 말려 타락한 육체에서 어미의 명예가 될 아이를 낳지 않게 하라! 만약 부득이 애를 낳게 될 경우에는 미움으로 뭉쳐진 아이를 낳게 해 한평생 심통 사나운 불효의 고통을 받게 하라! 그 자식으로 인해 이마에 주름이 잡히고 하염없이 흐르는 눈물로 두 뺨에 고랑이 파여 어미로서의 모든 노고와 자애를 모멸과 비웃음으로 바꾸어다오. 그리하여 부모의 은혜를 모르는 자식을 두는 건 독사의 이빨에 물리는 것보다 더 아프다는 걸 깨닫게 하라!

자, 가자! (황황히 퇴장)

알바니 무슨 까닭으로 역정을 내시는지 모르겠군.

고네릴 애써 알 필요가 없어요. 망령이 들어 기분 내키는 대로
성질을 부리시니까요.

🎵 리어왕 다시 등장

리어왕 이게 무슨 짓이냐! 내 시종을 한꺼번에 50명씩이나 줄여?
그것도 보름도 안 되어!

알바니 그게 무슨 말이십니까?

리어왕 말해 주지. (고네릴에게) 참으로 부끄럽구나. 대장부인 내
가 너 때문에 이렇게 뜨거운 눈물을 흘려야 하다니! 독기를
뿜은 안개여, 휘감아 버려라. 아비의 저주로 생긴 병이 너의
모든 감각기관을 마비시킬 것이다. 어리석고 망령된 눈아, 이
런 일로 두 번 다시 눈물을 흘리는 날에는 네 눈동자를 도려
내어 헛되이 흘리는 눈물과 함께 내던져 땅을 적시리라. 아,
왜 이런 꼴이 되었단 말인가! 하지만 내겐 딸이 또 하나 있
어. 그 애는 친절하고 상냥해. 그러니 반드시 나를 위로해 줄
거야. 두고 봐. 그 애는 네가 한 짓을 들으면 이리 같은 네 얼
굴 가죽을 벗기어 버릴 거야. 그럼 나는 원래의 내 모습으로

돌아가야지. 반드시 그렇게 해 보일 거야. (리어왕 퇴장, 켄트와
시종들이 뒤를 따른다)

고네릴　내가 왜 이러는지 알겠죠?

알바니　당신을 깊이 사랑하지만 이번에는 당신 편만 일방적으로
들 수는 없구려.

고네릴　제발 가만히 좀 계세요. 오스왈드, 이리 좀 와봐! (광대에게)
바보라기보다는 악당에 가까운 이것아, 주인 따라 빨리 꺼져.

광대　리어 아저씨, 리어 아저씨! 기다려요. 저를 데리고 가야죠.
(노래한다)

　　잡고 보니 여우가 딸이 아닌가!
　　당연히 숨통을 끊어야 하는데
　　이 모자를 팔아 목 매는 밧줄을 살 수 있다면
　　광대는 뒤따라가야지. (부산하게 사라진다)

고네릴　아버지한테는 좋은 충고가 되었을 거예요! 무장한 기사
를 100명씩이나 두다니? 하긴 그렇게 거느리고 있으면 매우
안전하겠죠. 그래요, 엉뚱한 꿈을 꾸거나, 부질없는 소문을
들을 때마다 아버지는 저들을 배경 삼아 우리를 꽉 쥐고 흔
들 거예요. 오스왈드, 어디 있느냐?

알바니　당신은 지나친 걱정을 하는구려.

고네릴 과신하는 것보다는 백배 안전하죠. 걱정을 하며 사는 것 보다는 애당초 뿌리를 뽑아 버리는 게 좋아요. 아버지의 속 셈은 제가 알아요. 아버지가 말씀하신 것을 동생에게 편지 로 쓰라고 했어요.

🌙 오스왈드 다시 등장

고네릴 어떻게 되었지, 오스왈드? 동생에게 보낼 편지는?

오스왈드 예, 썼습니다.

고네릴 동행할 사람을 데리고 떠나거라! 내가 특별히 근심하는 점을 동생에게 잘 전해 줘. 좀 그럴 듯한 이야기가 되도록 꾸 며서 해도 괜찮다. 어서 갔다가 빨리 돌아오너라. (오스왈드 퇴장) 안 돼요, 여보. 당신의 우유부단한 태도를 원망하고 싶 진 않아요. 하지만 사람들은 당신을 가리켜 부드럽다고 칭찬 을 하기는커녕, 분별이 없다고 비난할 거예요.

알바니 난 당신의 통찰력이 얼마나 들어맞을지 모르겠소. 혹시 더 잘하려고 하다가 일을 망치는 건 아닌지 모르겠소.

고네릴 걱정 말아요.

알바니 좋소, 좋아요. 어디 두고 봅시다. (두 사람 퇴장)

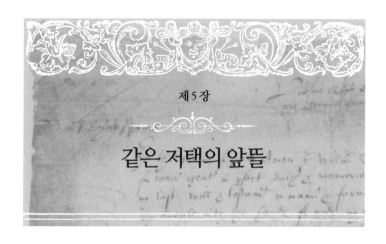

제5장

같은 저택의 앞뜰

🍂 리어, 켄트, 광대 등장

리어왕 너는 어서 콘월 공작한테 가서 이 편지를 딸애에게 전하
　　거라. 딸애가 이 편지를 읽고 묻는 것 외에는 말하지 말고.

켄트 잠도 자지 않고 가서 이 편지를 전달하겠습니다. (퇴장)

광대 사람의 두뇌가 뒤꿈치에 붙어 있다면 맨날 터져서 피가 나
　　겠지.

리어왕 그야 그렇겠지.

광대 하지만 아저씨의 알량한 지혜는 뒤꿈치에 없으니 안심하세요.

리어왕 하, 하, 하!

광대 또 다른 따님 역시 똑같을 거예요. 왜냐하면 두 따님은 능금처럼 똑같이 닮았거든요.

리어왕 이 녀석, 못하는 소리가 없구나.

광대 두 딸은 한통속이라서 맛이 같다고요. 사람의 코가 왜 얼굴 한가운데에 있는지 알아요?

리어왕 모른다, 이 녀석아.

광대 코로 냄새를 맡지 못할 때 눈으로 볼 수 있게 하기 위해서죠.

리어왕 (코델리아를 생각하며 독백) 내가 그 애한테 정말 잘못했어.

광대 굴이 껍데기를 어떻게 만드는지 아세요?

리어왕 몰라.

광대 나도 그건 모르지만 달팽이가 집을 머리에 이고 다니는 건 알죠.

리어왕 왜 그러는데.

광대 제 머리를 쑤셔박기 위해서예요. 제 머리를 쑤셔 둘 곳을 달팽이는 딸들에게 주지 않지요.

리어왕 이제 아버지로서 정을 끊어야 해. 한땐 다정한 아버지였는데! 말은 대령시켜 놓았느냐?

광대 당나귀 같은 시종들이 준비해 놓았을 거예요. 아참, 북두

칠성이 왜 일곱 개인 줄 아세요?

리어왕 그야 여덟 개가 아니니까 그렇지.

광대 그래요, 아저씨도 훌륭한 광대가 될 수 있겠네.

리어왕 (번민하며) 강제로 내 것을 빼앗다니! 배은망덕한 년 같으니!

광대 아저씨가 광대였다면 난 때려 주었을 거야. 때가 되기 전에 빨리 늙어 버렸으니까.

리어왕 그게 무슨 소리냐?

광대 현명해지기 전에 늙어 버리면 안 되잖아요.

리어왕 오, 신이시여! 저를 미치게 하소서. 아냐, 제가 정신을 잃지 않도록 도와주소서. 절대로 미치광이가 되고 싶지는 않습니다!

🎵 시종 등장

리어왕 어떻게 되었어! 말은 준비됐나?

시종 예, 준비되었습니다, 폐하.

리어왕 자, 가자.

광대 (관객에게) 지금 히히거리며 웃고 있는 처녀들아, 웃지 말라. 남자의 물건을 잘라 버리기 전에는 처녀성 결단나는 것도 시간문제일 테니까. (모두 퇴장)

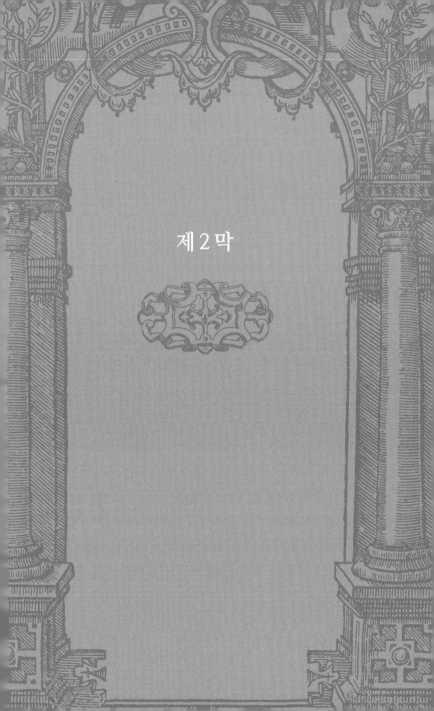

제 2 막

William Shakspeare

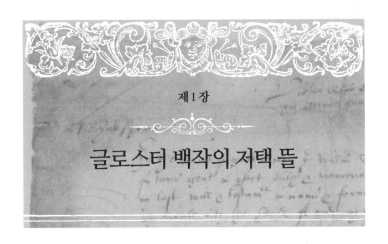

제1장

글로스터 백작의 저택 뜰

에드먼드와 큐런, 양쪽에서 등장

에드먼드 안녕하시오, 큐런.

큐런 안녕하십니까. 지금 당신 아버지를 뵙고 콘월 공작과 공작
부인께서 오늘 밤 이곳에 오신다는 것을 전해 드리고 오는
길이오.

에드먼드 무슨 일로 이곳까지 오시나요?

큐런 글쎄요, 하지만 소문은 들으셨겠죠? 소문이라야 수군거리
는 정도에 지나지 않지만요.

에드먼드 무슨 말씀을 하시는지 모르겠습니다.

큐런 콘월 공작과 알바니 공작 사이에 전쟁이 터진단 소문 말이오.

에드먼드 금시초문인데요.

큐런 조만간 듣게 될 거요. 그럼 안녕히 계시오. (퇴장)

에드먼드 공작이 오늘 밤 이곳에 온다고? 일이 척척 돌아가는군!
아버지께서 형님을 잡으라는 지령을 내리셨지. 우선 골치 아
픈 문젯거리부터 처리하자! 제발 행운이여, 나를 위해 일해
다오. (2층을 향해) 형님, 잠깐만 내려오세요. 형님, 드릴 말씀
이 있어요.

🐚 에드가 등장

에드먼드 아버지가 감시하고 있으니 빨리 도망치세요. 여기 숨
어 있는 게 발각됐어요. 이 칠흑 같은 어둠을 틈타 달아나세
요. 혹시 콘월 공작의 험담을 한 적은 없으세요? 공작께서
부인과 함께 이곳에 오신답니다. 그분들과 한 패가 되어 알
바니 공작을 험담하진 않으셨어요? 잘 생각해 보세요.

에드가 맹세코 그런 말은 한마디도 한 적이 없다.

에드먼드 아버지가 오시나 봐요. 용서하세요. 형님을 칼로 치는 척할 테니까 형님도 칼을 뽑아 방어하세요. 그러다가 달아나세요. (큰 소리로) 칼을 버리고 아버지 앞에 나오너라. 불을 밝혀라. (작은 소리로) 안녕히 가세요. (에드가 퇴장) 피를 흘리고 있다면 내가 장렬한 싸움을 했다고 생각하겠지. (자기 팔에 상처를 낸다) 주정꾼들은 이것보다 더 심한 장난을 하던데 뭘. (큰 소리로) 아버지! 아버지! 여기예요!

🌙 글로스터와 횃불을 든 하인들 등장

글로스터 에드먼드, 그놈은 어디 있느냐?

에드먼드 이 깜깜한 어둠 속에서 칼을 들이대며 괴상한 주문을 뇌까리며 달의 여신에게 빌고 있었어요.

글로스터 그놈이 어디 있느냐니까?

에드먼드 이것 보세요, 제 팔을요. 피가 나고 있습니다.

글로스터 에드먼드, 그놈이 있는 곳을 말해!

에드먼드 이쪽으로 달아났어요. 끝까지 제가 말려…….

글로스터 그놈을 쫓아가서 절대로 놓치지 마라! (하인들 몇 명 퇴장) 끝까지 말렸는데도 어떻게 했다고?

에드먼드 아버지를 암살하자는 말에 제가 동의하지 않으니까 달아난 것입니다. 저는 형님에게 아버지를 암살하면 복수의 신들이 불벼락을 칠 것이라고 했죠. 부자간의 핏줄은 끊으려야 끊을 수 없을 정도로 질기다고도 했고요. 그랬더니 형님은 미리 준비했던 칼로 아무런 방비도 하지 않은 저에게 달려들어 제 팔을 푹 찔렀습니다. 그러나 제 정의로운 태도를 보고, 아니면 제 소리에 놀랐는지 형님은 줄행랑을 치고 말았습니다.

글로스터 제 놈이 뛰어야 이 나라 안에 있겠지. 내 이놈을 반드시 잡고 말 것이다. 잡히는 날이면 그날로 죽음이다. 오늘 밤 이 땅의 주인이시자 내 소중한 은인이신 공작께서 이곳으로 오신다. 그분의 이름을 빌려 포고령을 내리겠다. 그 잔인한 악당을 찾아내어 끌고 오는 자에게는 상을 주고, 숨겨 주는 자는 사형에 처하겠다고 말이다.

에드먼드 형님의 그런 간악한 계획을 중지시키려고 애썼습니다만, 아무 소용이 없었습니다. 그래서 저도 화가 나서 형님한테 모든 걸 폭로하겠다고 윽박질렀지요. 그랬더니 형님은 이렇게 말하더군요. "상속도 못 받을 첩의 자식인 주제에, 내가 너와 싸운다면 누가 네 편이라도 들어줄 줄 아니? 네가 아무리 신용이 있고 덕행이 바르고 유능하다 해도 세상 사람들은커녕 아버지조차 네 말을 믿지 않을 것이다. 그렇지, 내가 아니라고 부정하는 날엔 설령 네가 내 필적을 증거로 내놓는다 하더라도 이 모든 것은 네 음모이며 간계라고 뒤집어씌울 수가 있다. 내가 죽으면 가장 이익을 보는 사람이 너인데, 네가 날 죽이려는 이유가 바로 그것이라는 것을 세상 사람들이 모를 줄 아느냐? 세상을 너무 얕보지 마." 이러면서 윽박지르더군요.

글로스터 오, 천하에 나쁜 놈 같으니! 그래, 그 편지까지 자기 것이 아니라고 부정을 했단 말이지? 그놈은 내 자식이 아니다. (안에서 우렁찬 트럼펫의 행진곡이 들려온다) 아, 공작 각하가 오시나 보다! 왜 오시는지 모르겠다. 아무튼 항구란 항구를 모두 폐쇄해야겠다. 그놈은 독 안에 든 쥐야. 공작 각하께서도 틀림없이 승인하여 주실 거야. 그리고 그놈의 사진을 방방곡곡에 붙여두어 모든 사람들에게 알려야겠다. 내 영토는 비록 서자지만 충직하고 효심이 지극한 너한테 물려주도록 해놓겠다.

🌿 콘월, 리건, 그리고 시종들 등장

콘월 오, 백작! 어떻게 된 일이오? 이상한 소문이 나돌던데.

리건 소문이 사실이라면, 어떤 엄벌을 내려도 부족할 거예요. 안 그래요, 백작님?

글로스터 오, 마님! 이 늙은이의 가슴은 터질 것 같습니다.

리건 아니, 바로 우리 아버지가 이름을 지어준 그 아들이 당신 생명을 노렸다는 거예요? 그 에드가가?

글로스터 오, 창피해서 더 이상 말을 할 수가 없습니다.

리건 혹시 그가 아버지를 수행하는 기사들과 한 패가 아닐까요?

글로스터 모르겠습니다. 너무나 악독해서 할말을 잃었습니다.

에드먼드 그렇습니다. 형님은 그들과 친하게 지냈습니다.

리건 그렇다면 뭐 이상할 게 없네요. 그놈들이 그렇게 하라고 분명 부추겼을 거예요. 나도 언니한테 자세한 내용을 들었어요. 어쩌면 그놈들이 우리 집에 와서 묵을지도 모르니까 저더러 피해 있으라고 하더군요.

콘월 나도 집에 있으면 안 될 것 같아서 온 거요. 이번에 에드먼드가 아버지께 효자 노릇을 톡톡히 했다죠?

에드먼드 그저 자식으로서 도리를 한 것뿐입니다.

글로스터 이 애가 그놈의 음모를 폭로해 주었죠. 그놈을 잡으려고 하다가 이렇게 부상까지 당했답니다.

콘월 그놈을 추격하고 있소?

글로스터 예, 그러고 있습니다.

콘월 그놈이 잡히면 혼을 내어 다시는 경거망동하지 못하도록 하겠소. 내 이름을 팔아서라도 체포하기 바라오. 에드먼드, 내 유순하고 효성이 지극한 널 부하로 삼겠다. 너야말로 내가 신뢰할 수 있는 신하였어.

에드먼드 비록 부족한 점이 있더라도 있는 힘을 다해 공작님을 섬기겠습니다.

글로스터 아들놈을 대신해 감사 인사를 드립니다.

콘월 우리가 백작을 찾아온 이유를 알고 있소?

리건 글로스터 백작, 이렇게 예고도 없이 밤길을 더듬거리며 온 까닭은 급한 사태가 일어나서예요. 아무래도 백작의 조언을 들어야 할 것 같아서요. 아버지와 언니가 서로 싸운 이유를 두 분 다 서찰로 보내 왔답니다. 그런데 집을 떠나서 답신을 보내는 것이 상책일 것 같아서 이곳에 온 것입니다. 자, 두 곳으로 각각 보낼 사자를 대기시켜 놨는데, 조언을 해주시지요. 자제분 일로 심기가 불편하다는 건 알고 있습니다만 우리를 위해서 조언을 아끼지 말고 해주세요. 그대로 따를 테니까요.

글로스터 분부대로 거행하겠습니다, 공작부인. 두 분께서 오신 것을 진심으로 환영합니다. (나팔소리, 일동 퇴장)

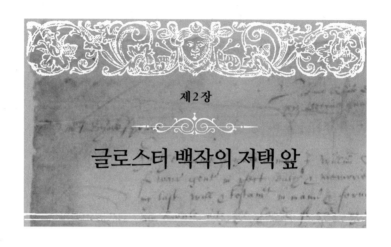

제2장

글로스터 백작의 저택 앞

켄트, 오스왈드 양쪽에서 따로 등장

오스왈드 잘 잤소? 당신은 이 집에서 사시오?

켄트 그렇소.

오스왈드 어디에다 말을 맬까?

켄트 수챗구멍에 매는 게 좋겠지.

오스왈드 여보시오, 그러지 말고 가르쳐 주시오.

켄트   싫은데. 난 당신이 싫어.

오스왈드   나도 당신 따위와 상대하긴 싫어.

켄트   잘되었군. 하지만 날 상대해야 할걸.

오스왈드   왜 그런 악담을 하지? 서로 잘 알지도 못하면서.

켄트   나는 당신을 알아.

오스왈드   어떻게?

켄트   악당에다 비겁자이며 음식 찌꺼기나 처먹는 놈이지. 야비하고 주제넘게 거만하고 거지 꼴에 옷은 세 벌, 수입은 백 파운드나 되는 나쁜 놈이지. 1년 내내 더러운 털양말을 신고 다니며, 간이 콩알만 하고 얻어터지면 싸울 생각은 하지 않고 소송이나 거는 놈, 첩의 자식에다, 밤낮 거울만 들여다보는 놈, 주인님을 위한답시고 뚜쟁이 노릇이나 하는 놈, 여기서 하나라도 틀렸으면 반박해 봐라, 이놈아! 울고불고 해 봐라, 내 가만히 있나 이놈아.

오스왈드   참으로 괘씸한 놈 다 봤구나. 서로 알지도 못하면서 별의별 욕을 다 퍼붓다니!

켄트   이 철면피 같은 놈아, 나를 모른다고? 폐하 앞에서 내가 너를 넘어뜨리고 두들겨 준 것이 바로 이틀 전이 아니냐? 이놈아, 칼을 뽑아라. 비록 밤이긴 해도 달이 밝으니 네놈을 박살 내어 내장탕을 끓여 먹어야겠다. (칼을 빼면서) 자, 기생오라비처럼 아양이나 떠는 놈아, 칼을 빼라고!

오스왈드 비켜라! 나는 너 따위는 상대하지 않으니까.

켄트 칼을 빼라, 이 악당아. 폐하께 좋지 않은 편지나 전하는 놈! 폐하의 못된 딸의 꼭두각시 놈아, 칼을 빼! 네 정강이를 두 동강 내버릴 테니까. 이놈, 덤벼라, 악당아!

오스왈드 사람 살려! 이놈이 사람을 죽이네. 사람 살려!

켄트 덤벼라, 이 노예 놈아! 어서 상대해 봐, 이 악당아! 노예치고 는 매끈하게 빠졌구나. 자, 덤벼라! (오스왈드를 친다)

오스왈드 사람 살려! 아, 사람을 죽이네!

🌱 에드먼드가 긴 칼을 들고 등장

에드먼드 무슨 일이냐? 중지하라!

켄트 애송이로군. 네 소원이라면 피맛을 보여줄 테니 덤벼라.

🌱 글로스터, 리건, 콘월, 하인들 등장

글로스터 아니, 무슨 소동이냐?

콘월 목숨이 아깝거든 조용히 해라. 칼을 잡으면 사형이다.

리건 언니와 아버지께서 보내신 사자들이로군요.

콘월　왜 싸웠느냐? 말해 보라.

오스왈드　저는 숨도 쉴 수 없을 지경입니다.

켄트　그야 그럴 테지. 시건방을 떨면서 덤벼들었으니 말이다. 너처럼 비겁한 악당은 자연도 만들지 않았다고 부인할 거다. 네놈은 아마 재봉사가 만들었을 거야.

콘월　뭐? 재봉사가 사람을 만들어?

켄트　석공이든 화가든 두 시간만 일을 했어도 저토록 서투른 작품을 만들어 내지는 않았을 것입니다.

콘월　빨리 말해. 왜 싸웠는지?

오스왈드　저 늙은 놈의 흰 수염이 불쌍해서 살려줬더니…….

켄트　뭐라고? 쓸모 없고 천한 놈아! 공작 각하가 허락만 해주신다면, 이놈을 당장 짓이겨서 변소의 벽을 처바를 것입니다. 흰 수염 때문에 나를 살려줬다고? 천하에 빌어먹을 놈!

콘월　입 닥쳐! 괴물 같은 놈들, 감히 여기가 어디라고 싸움박질이냐?

켄트　물론 알지요. 하지만 화가 치밀 때는 눈에 보이는 게 없죠.

콘월　왜 화가 났느냐?

켄트　염치도 없는 노예 놈이 칼을 차고 있으니 기가 막힐 일 아닙니까. 성실성이라고는 약에 쓰려 해도 찾아볼 수 없는 악당 놈이 가식적으로 웃으며 쥐새끼처럼 부자간의 핏줄까지도 물어뜯지요. 끊어지려야 끊어질 수 없는 신성한 매듭까지도 넘본단 말씀이에요. 이런 놈들은 천성적으로 아첨을 하는데, 불에는 기름을 붓고, 싸늘한 마음에는 눈을 뿌린답니다. 그저 바람이 불 때마다 주인이 변할 때마다 물총새처럼 부리를 뱅뱅 돌리지요. 개처럼 영문을 모른 채 그저 따라다니는 것밖에는 모릅니다. (오스왈드를 향해서) 간질병자 같은 표정을 지으며 페스트에 걸려 죽어 버려라? 내 말이 그렇게 우스우냐? 이 거위 같은 놈아! 내가 들판에서 네놈을 만나면 당장 우리로 몰아넣을 테다.

콘월 이놈이 미쳤나?

글로스터 어쩌다 싸우게 되었는지 낱낱이 말하라.

켄트 솔직히 말씀드리자면 아무리 원수지간이라 해도 이 악당과 저만큼 맞지 않는 경우도 드물 것입니다.

콘월 왜 악당이라고 하지?

켄트 이놈의 낯짝이 마음에 안 들어요.

콘월 내 얼굴도, 백작과 부인의 얼굴도 네놈 마음에 들지 않겠구나.

켄트 솔직한 게 제 성격이라 말씀드리자면, 지금 제 눈앞에 계신 분들의 어깨 위에 얹힌 얼굴보다 훌륭한 얼굴을 본 적이 있습니다.

콘월 솔직함을 칭찬받으면 금세 오만방자해져서 정직한 천성을 저버리는 놈이로구나. 이런 녀석은 아첨할 줄도 모르고, 정직

하고 솔직하여 진실만을 이야기하지! 사람들한테 받아들여
지면 좋은 거고, 아니더라도 솔직한 거야. 내가 알기론, 이런
부류의 악당들은 솔직합네 하면서, 머리를 조아리며 묵묵히
소임을 다하는 아첨꾼 시종 20명보다 더 교묘한 악의를 숨기
고 있지.

켄트 나리께 성심을 다하여, 거짓 없는 진실을 말씀드리죠. 빛
나는 태양신 이마의 찬란한 불꽃처럼 위대한 나리께서 허락
하신다면…….

콘월 무슨 의미로 그런 말을 하느냐?

켄트 제 말투가 마음에 드시지 않는 듯하여, 공손하게 바꾸어
본 것입니다. 저는 아첨꾼이 아닙니다. 솔직함을 가장하여
나리를 속인 놈이야말로 정말 악당이지요. 저는 그런 악당은
되지 않겠습니다. 그런 놈이 된 척하며 나리를 언짢게 할 순
있겠지요.

콘월 (오스왈드에게) 넌 저자한테 무엇을 잘못했지?

오스왈드 잘못한 거라뇨? 천만에요. 2, 3일 전에 저놈이 모신 국
왕께서 무슨 오해를 하시어 저를 때린 적이 있는데, 그때 저놈
이 뒤에서 다리를 걸어 넘어뜨렸습니다. 제가 넘어지니까 저
놈은 영웅이나 된 것처럼 저에게 욕설을 퍼붓고 으스댔습니
다. 실은 제가 일부러 져준 것이지요. 그러고는 그것에 맛을
들였는지 칼을 빼들고 저한테 마구잡이로 달려들었습니다.

켄트　정말 그리스 군이라도 건달한테 걸리면 속수무책이지.

콘월　족쇄를 가져오너라! 이 망령이 든 늙은이에게 따끔한 맛을 좀 가르쳐 줘야겠다.

켄트　전 뭘 배울 수 있을 정도로 젊은 나이가 아닙니다. 그러니 족쇄를 가져올 필요는 없지요. 게다가 저는 폐하의 심부름으로 이곳에 파견된 사람입니다. 폐하의 사자를 족쇄에 채운다면 폐하의 위엄과 인격을 모독하는 것일 뿐만 아니라 적의를 나타내시는 거겠지요.

켄트　족쇄를 가져와! 누가 뭐래도 저놈을 정오까지 채워 놔야겠다.

리건　정오까지라뇨? 밤에까지 계속 채워 둬야 해요.

켄트　마님, 제가 아버님의 개라도 그런 대우는 할 수 없을 겁니다.

리건　아버지의 하인이니까 그렇지.

콘월　이놈은 당신 언니 편지에 적힌 녀석들과 한 패거리일 거야. 자, 족쇄를 가져와.

🎵 시종들이 족쇄를 들고 들어온다.

글로스터　공작님, 참으십시오. 저놈의 죄가 크긴 하지만 주인이신 국왕 폐하께서 마땅히 문책하실 것입니다. 국왕께서 자신의 사자가 이토록 모욕을 당했다는 것을 아시면 크게 화를 내실 겁니다.

콘월 그 책임은 내가 지겠소.

리건 자기 시종이 모욕을 당했다는 걸 언니가 알면 화를 낼 거예요. 저놈의 다리를 채워 놓아라. (켄트의 다리에 족쇄를 채운다)

콘월 자, 갑시다. (글로스터와 켄트만 남고 일동 퇴장)

글로스터 미안하네. 하지만 공작님의 분부니 난들 어쩌겠나. 그분의 고집은 세상 사람들이 알다시피 아무도 말릴 수 없잖은가. 하지만 내가 당신을 위해 다시 부탁을 하리다.

켄트 그만두시지요. 밤을 새우며 무리하게 왔더니 잠이 쏟아지는구려. 한숨 자고 나서 노래라도 부르지요. 세상에는 착한 사람이라도 불행을 겪을 때가 많은 법입니다. 안녕히 주무십시오.

글로스터 누가 봐도 이 일은 공작님의 잘못이야. 폐하께서 이 일을 아시면 얼마나 화를 내실까. (퇴장)

켄트 폐하, 폐하께서는 "하늘의 축복을 빼앗겨 염천에 끌려나온다"는 속담이 진실이라는 걸 깨달으실 것입니다. (편지를 꺼낸다) 세상을 비추는 하늘의 횃불이여, 네 도움으로 편지를 읽자꾸나. 재난이 닥치지 않고서는 기적이란 것도 볼 수 없지. 오, 코델리아 공주님께서 보내신 편지로구나! 내가 변장을 하고 지내는 것을 알고 계시는군. (읽는다) "때를 엿보아 나라를 구하고 누적된 병폐를 제거하려고 합니다." 정말 피곤해. 잠을 못 자 무거운 눈이여, 이 굴욕적인 잠자리를 보려고 하지 마라. 행운이 여신이여, 한 번만 미소를 보여다오! (잠든다)

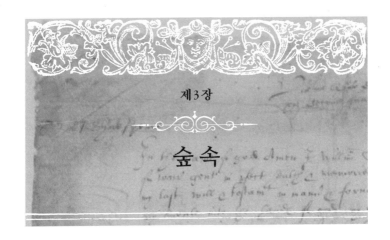

제3장

숲 속

🦋 에드가 등장

에드가   나에게 내려진 포고령을 들었다. 마침 나무에 구멍이 있
어 몸을 숨길 수 있었다. 항구란 항구는 모두 폐쇄되고 어디
에나 파수꾼이 나를 잡으려고 물샐틈없이 지키고 있다. 아,
어떻게든 살아남아야 해. 차라리 짐승과 같은 거지꼴로 변
장을 해서라도 살아야 해. 얼굴에는 진흙을 검게 칠하고, 허

리에는 남루한 담요자락을 감고, 머리칼은 쑥대머리를 만들고, 또 대담하게 알몸뚱이로 하늘의 추적자인 비바람과 온갖 어려움을 견뎌 내리라. 이 지방에는 좋은 게 있지. 정신병자 수용소에 있는 미친 거지들처럼 신음소리를 질러 가면서 바늘과 나무꼬챙이, 못, 들장미의 잔가지 등을 무감각한 맨살 팔뚝에다 꽂아야겠다. 미친 듯이 저주도 하고 동냥을 달라고 떼를 쓰는 거야. 가엾은 거렁뱅이! 불쌍한 톰! 그런 이름이라면 몰라도 에드가로서는 이제 살아갈 수가 없지. (퇴장)

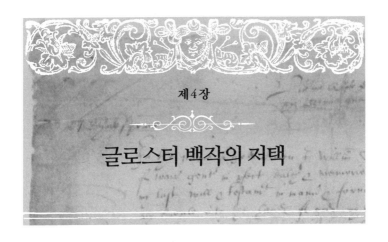

제4장

글로스터 백작의 저택

🎵 켄트가 족쇄를 찬 채 앉아 있다. 리어왕, 광대, 시종 등장

리어왕　이상한 일이군. 그들이 이렇게 갑자기 집을 떠난 것도 그
　　　렇고, 내가 심부름 보낸 자를 여태 돌려보내지 않는 것도 그
　　　렇고.

시종　제가 들은 바로는 어젯밤까지만 해도 전혀 집을 떠날 생각
　　　이 없었다 합니다.

켄트 어서 오십시오, 폐하.

리어왕 (켄트를 발견한 뒤 한참 들여보고 나서) 아니, 넌 이런 모욕을 당하면서도 웃음이 나오느냐?

켄트 천만의 말씀입니다, 폐하.

광대 네놈은 지독한 족쇄를 차고 있구나. 말은 머리를, 개와 곰은 목을, 원숭이는 허리를, 그리고 인간은 다리를 묶어 매는구나. 다리를 함부로 놀려 걷어차기를 좋아하더니 끝내 나무 양말을 신었구나.

리어왕 네 신분을 무시하고 네게 족쇄를 채운 놈이 누구냐?

켄트 폐하의 따님과 사위입니다.

리어왕 그럴 리가 없다.

켄트 사실입니다.

리어왕 아냐, 그 애들이 그랬을 리가 없어.

켄트 보시다시피 그들이 이랬습니다.

리어왕 그 애들이 감히 그럴 리가 없어. 그럴 수도 없는 일이고 또 그럴려고 하지도 않았을 거야. 국왕의 사자에게 이런 짓을 저지른다는 것은 살인보다 더 악랄한 짓이야. 자, 말하라. 네가 어째서 이러한 처벌을 받아야 했는지에 관해서 말이다.

켄트 폐하, 제가 이 저택에 도착해서 폐하의 친서를 드리려고 무릎을 꿇었습니다. 그때 채 일어나기도 전에 땀에 흠뻑 젖어서 김이 무럭무럭 나는 숨을 몰아쉬며 한 사자가 뛰어들어

왔습니다. 그자는 절 제쳐놓고 고네릴 공주님의 서찰을 전하더군요. 두 분께서는 그 자리에서 그 서찰을 읽으시더니 별안간 하인들을 모두 불러 모아 말을 타고 떠나셨습니다. 저에게는 틈나는 대로 답장을 할 테니 기다리라고 말씀하시면서 차디찬 눈초리로 쏘아보시더군요. 그런데 여기서 그놈의 사자를 만난 겁니다. 그놈 때문에 홀대를 받게 된 저는 그만 부아가 끓어올랐죠. 그놈은 지난번에 폐하께 오만불손하게 굴던 놈이었습니다. 갑자기 불끈 화가 치밀어 올라 칼을 뺐지요. 그랬더니 그놈이 겁에 질려 비명을 지르면서 온 집안 사람들을 깨웠습니다. 공작 내외분께서는 저의 죄가 이 정도의 창피를 받아 마땅하다는 것입니다.

광대 기러기가 저쪽으로 날아가는 걸 보니 아직도 겨울인가 보구나.

아비가 누더기를 걸치면 자식은 장님이 되어 모르는 척하지만
아비가 돈주머니를 차고 있으면 자식은 전부 효자가 되지.
운명의 여신은 매춘부처럼 가난한 사람에게는 문을 잠그네.

하지만 당신은 따님들 덕택에 1년 내내 근심주머니를 얻게 되었네요.

리어왕 아냐, 그랬을 리가 없어. 아! 울화가 치밀어오르는구나.

치솟는 슬픔이여, 네 자리는 저 아래다. 내 딸은 어디 있느
냐?

켄트 글로스터 백작과 함께 안에 계십니다.

리어왕 아무도 따라오지 말고 여기 있으라. (퇴장)

신사 지금 말씀하신 것 외에는 잘못한 것이 없는지요?

켄트 없습니다. 그런데 폐하의 시종들이 왜 이리 적습니까?

광대 그 따위 것을 묻고 있으니 족쇄를 차도 싸다 싸.

켄트 뭐라구, 이 바보 광대가!

광대 개미한테 보내서 겨울에는 일하지 않는다는 것을 배워야
겠다. 코가 향한 쪽으로 곧장 가는 자들은 소경이 아닌 다
음에야 눈으로 보고 가는 거다. 그리고 눈이 멀었다 해도 썩
은 냄새를 맡지 못하는 자는 없지. 언덕을 오르는 큰 수레바
퀴를 끌면 모가지가 부러지기 십상이지. 수레 뒤에서 끌려가
는 게 좋지. 어떤 사람이 이보다 더 현명한 충고를 할까. 내
충고는 도로 보내주게. 광대의 충고니까 악당들이나 따라 하
면 되니까. (노래한다)

이익을 찾아 겉으로만 따르는 놈은
폭풍우가 내리면 달아난다네.
그러나 나는 바보니까 남으리.
영특한 놈은 뺑소니쳐도 좋아.

달아나는 소인배는 바보가 되지만

광대는 절대 악당이 될 수 없다네.

켄트 광대야, 너 그 노래 어디서 배웠니?

광대 족쇄 차고 배운 것은 아니다, 이 바보야.

🍃 리어왕이 글로스터와 함께 등장

리어왕 면회 사절이라고! 나한테? 몸이 아프다고? 간밤에 밤새워 여행을 해서 피곤하다고? 순전히 변명이야. 아비를 거역하고, 아비를 버리려는 징조가 아니고 뭐야. 좀 더 그럴 듯한 대답을 가지고 와.

글로스터 말씀드리기 황송합니다만 폐하, 공작님의 성질은 불 같아서 한 번 그렇게 결정을 하면 바뀌는 적이 없습니다.

리어왕 경을 칠 놈! 염병에 걸려 뒈져 버려라! 뭐, 성질이 불 같다고? 여봐라, 글로스터, 내가 콘월 공작 내외를 만나야겠다.

글로스터 예, 폐하. 그렇게 말씀드렸습니다만……

리어왕 여보게, 자네가 내 말뜻을 알고 있기나 한가?

글로스터 예, 알고 있습니다.

리어왕 국왕이 콘월과 얘기를 하려는 거야. 아비가 사랑스런 딸에게 얘기하려는 거야. 이 뜻을 전했느냐? 나는 국왕이 아닌가. 숨이 막히고 피가 끓어오르는구나! 불 같은 성질이라고? 공작에게 가서 말하라. 아니, 지금 말하지 않아도 좋다. 사람은 더러 지치면 제정신이 아닐 수도 있으니까. 참아야겠다. 급한 성미 때문에 나도 이 지경이 된 것이다. 병든 자의 짜증스런 발작을 건강한 사람의 의도로 받아들이다니. (켄트를 보면서) 내 권세도 땅 위에 떨어졌구나! 무엇 때문에 너를 족쇄에 채웠단 말이냐? 이 꼴을 보니 공작 내외가 무슨 계략을 꾸미는지 알겠구나. 내 하인을 풀어 주어라. 내가 할말이 있다고 전하라. 지금 당장 말이야. 만일 그렇지 않으면 그들의 침실 입구에서 북을 쳐 잠을 깨울 테니까.

글로스터 어떻게든 원만하게 잘 해결되었으면 좋겠습니다. (퇴장)

리어왕 아, 끓어오르는 가슴이여! 그러나 진정하자!

광대 아저씨, 가슴에 대고 호통을 치세요. 아저씬 칠칠맞은 부엌데기가 만두 속에 산 뱀장어를 넣고 구시렁거리는 것 같아요. 그 부엌데기가 뱀장어의 머리통을 부지깽이로 치면서 "요놈, 들어가. 버르장머리없는 것아, 들어가라니까!" 하는 것처럼 말예요. 그런데 그 부엌데기 오라비 역시 물건이라, 말이 귀엽다고 건초에다 버터를 발라 줬다지 뭡니까.

🍃 **콘월, 리건, 하인들과 함께 글로스터 다시 등장**

리어왕 잘들 있었나?

콘월 안녕하십니까. (시종들이 켄트를 풀어 놓는다)

리건 폐하를 뵈오니 기쁩니다.

리어왕 당연히 그래야지, 리건. 네가 기쁘지 않다고 하면, 그런 딸의 어미는 분명히 화냥년일 거야. 그렇다면 나는 무덤을 헤쳐서라도 네 어미와 이혼하겠지. (켄트에게) 아, 이제야 풀려났구나. 이 일에 대해서는 나중에 따지기로 하자. 사랑하는 리건, 네 언니는 내 딸이 아니다. 흉측한 년이다. 그년은 독수리처럼 예리하고 매정한 부리로 여기를 물어뜯었다. (자기 가슴을 가리킨다) 말로 다 설명할 수도 없다! 너는 믿어지지 않을 거야, 그 포악한 태도를. 오, 리건!

리건 제발 진정하세요. 제 생각에는 언니가 효성을 다하지 않은 게 아니라 아버지가 뭔가 오해를 하신 것 같은데요.

리어왕 그게 무슨 소리냐?

리건 언니가 조금이라도 소홀히 했다는 사실을 도저히 믿을 수가 없어요. 만일 그랬다 해도 거기에는 그만한 이유가 있었겠지요. 그러니 언니를 무조건 비난할 수는 없어요.

리어왕 난 그년을 저주해!

리건 아버지, 이제 아버지는 늙으셨어요. 기력이 쇠하셔서 아버지보다 더 나라 사정에 정통한 사람에게 나랏일을 맡기고 그 사람의 의견을 따를 필요가 있어요. 그러니 제발 언니한테 돌아가서서 미안하다고 사과하세요.

리어왕 그년에게 사과하라고? 어디 잘 봐라. 그년이 왕가에 어울리는 년인지. '사랑하는 딸이여, 이 아비는 늙어빠져 쓸모가 없으니 (무릎을 꿇는다) 이렇게 무릎을 꿇고 부탁하니, 옷과 먹을 것과 잠자리를 주시오' 하고 애걸해야 한다고?

리건 제발 그런 실없는 장난은 그만하시고 언니한테로 돌아가세요.

리어왕 (벌떡 일어나면서) 리건, 난 절대로 안 간다. 그년은 내 시종을 반으로 줄였어. 무서운 낯짝으로 나를 노려보며 독사 같은 독설로 나한테 퍼부었어. 하늘에 저장해 놓은 벌이라는 벌은 은혜도 모르는 그년의 뻔뻔스런 낯짝 위에 모두 쏟아지소서! 하늘의 질병이여, 그년한테서 태어나는 자식들의 뼈가 오그라지도록 하소서!

콘월 폐하, 어찌 그리 끔찍한 저주를 내리십니까!

리어왕 날쌘 번개여, 그년의 눈을 멀게 하소서. 강렬한 햇살을 받아 늪에서 피어나는 독기여, 그년의 젊음을 시들게 하소서.

리건 오, 하느님 맙소사! 화가 나신다면 저에게도 똑같은 저주를 퍼부으시겠군요?

리어왕 아니다, 리건. 너를 저주하는 일은 결코 없을 것이다. 너는 천성이 부드러우니까 가혹한 짓을 할 리가 없겠지. 고네릴의 눈은 사납지만 네 눈은 상냥하고 다정하지. 너의 타고난 성정으로 보아 너는 내가 즐기는 일에 대해서 불평하지 않을 거야. 내 시종들을 줄이는 일도 없고, 내 생활비를 아까워하지도 않을뿐더러 나에게 말대꾸하지 않을 거야. 너는 내가 오는 것을 막기 위해 문을 잠그지는 않겠지? 너는 인간의 의무와 자식의 도리, 예의범절과 감사의 마음을 더 잘 알지 않느냐. 내가 너에게 왕국의 절반을 양도해 주었다는 것을 너는 잊지 않았을 거야.

리건 아버지, 용건만 간단히 말씀하세요.

리어왕 누가 내 시종에게 족쇄를 채웠느냐? (안에서 나팔 소리)

콘월 저 나팔 소리는 뭐지?

리건 언니가 행차하는가 봅니다. 곧 오겠다고 편지에 적혀 있었어요.

🌱 오스왈드 등장

리건 (오스왈드에게) 너희 마님이 오시느냐?

리어왕 이 하인 놈은 변덕스런 주인마님의 치마폭만 믿고 거드름을 피우는구나. 내 앞에서 썩 꺼져라, 이놈!

콘월 폐하, 왜 이러십니까?

리어왕 누가 내 시종에게 족쇄를 채웠느냐? 리건, 너는 아니겠지? 저기 오는 게 누구냐?

🐚 고네릴 등장

리어왕 오, 하늘이시여! 만일 당신이 이 늙은이를 불쌍히 여기신다면, 효행을 덕으로 여기신다면, 모쪼록 당신도 늙은이라면 하늘의 천사를 내려보내시어 제 편을 들어주소서. (고네릴에게) 너는 이 아비의 수염을 보고도 부끄럽지 않단 말이냐? (리건은 고네릴을 맞이하여 악수한다. 리어왕 이 광경을 보고) 오, 리건! 너는 저년의 손을 잡느냐?

고네릴 어째서 손을 잡으면 안 되나요? 제가 잘못한 게 있나요? 망령이 난 노인이 주장하는 무례를 어찌 다 받아들일 수 있겠어요?

리어왕 아직도 네년은 오만불손하기 짝이 없구나! 하여튼 내 하인에게 족쇄를 채운 자가 누구냐?

콘월 제가 그랬습니다. 저자의 난동을 생각하면 더 지독한 형벌을 받았어야 마땅했습니다.

리어왕 자네가! 자네가 그랬다고?

리건   아버지, 진정하세요. 언니한테 가서서 시종을 반으로 줄이신 뒤에 이달 말까지 머물러 계신 다음 오세요. 보다시피 저는 현재 여행 중이라 대접해 드릴 수가 없어요.

리어왕   저년한테로 돌아가라고? 시종을 반으로 줄이라고? 그럴 바엔 차라리 들판에 나가 이리와 올빼미의 벗이 되고, 가난의 괴로움을 맛보는 게 낫겠다. 저년한테 돌아갈 바에야 지참금도 없이 막내딸을 데려간 프랑스 왕한테 가서 무릎을 꿇고 비천한 부하처럼 근근히 살아가는 것이 낫겠다. 저년한테 돌아가라고? 그럴 바에는 (오스왈드를 가리키면서) 차라리 저 구역질 나는 종놈의 노예나 말이 되라고 해라.

고네릴   좋을 대로 하세요.

리어왕   얘야, 제발 나를 미치게 만들지 마라. 이제 네 신세는 더 이상 지지 않겠다. 너희들은 내 핏줄이요 내 딸이다. 혹은 내 살 속에 박힌 병균인지도 모르지. 그러나 그것도 내 것이라 부를 수밖에 없는 것 아니냐. 하지만 나는 너희들을 책망하지 않겠다. 마음을 고쳐 착한 사람이 되도록 애써라. 나는 참을 수 있다. 리건아, 나는 100명의 기사와 너의 집에 머무를 것이다.

리건   그럴 순 없어요. 저는 아버지께서 오실 줄 전혀 예상도 못 했던 터라 준비를 전혀 못 했어요. 언니의 말을 들으세요. 지금 아버지가 노여워하시는 것을 우리가 그대로 듣는 것은 어른을 존경하는 마음에서 그런다는 걸 알아두세요.

리어왕 그 말 진담이냐?

리건 그렇습니다. 시종이 50명이면 되지 않아요? 그 이상 무슨 필요가 있어요? 아니 그것도 많아요. 시종이 많으면 비용도 그렇고 위험도 크지요. 한 집에 두 주인 밑에서 그 많은 사람들이 어떻게 평화롭게 지낼 수 있겠어요? 불가능한 일이지요.

고네릴 동생의 하인이나 저희 집 시종들이 아버지를 돌봐드려도 되잖아요.

리건 그래요. 만약 저희 집 하인이 아버지를 소홀히 모시면 제가 단속하지요. 그러니 저희 집에 오시려면 시종은 25명만 데려오세요. 그 이상 오게 되면 방도 없고 돌봐드릴 수도 없어요.

리어왕 난 너희에게 모든 것을 주었는데…….

리건 적당한 시기에 잘 주신 거지요.

리어왕 너희들을 나의 후견인으로 삼아 일체의 권력을 맡겼다. 대신 나는 시종 100명을 거느린다는 단서를 붙였는데, 시종을 25명만 데려오라니, 어림없는 소리다. 리건, 그 말 진심이냐?

리건 거듭 말씀드립니다만, 그 이상은 곤란해요.

리어왕 악한 자 옆에 더 흉악한 자가 있으면, 그 악한 자가 선하게 보일 수도 있다더니. 최악이 아니라는 것이 위안이 될까.

(고네릴에게) 너한테로 가겠다. 너는 50명이라고 말했으니 25명의 두 배가 아니냐. 네 효심은 저년의 두 배인 셈이구나.

고네릴 잠깐만요, 아버지. 아버지의 시종이 25명이든 10명이든 2명이든 왜 필요해요? 갑절이나 더 많은 시종들이 아버지의 뒤를 돌봐드리고 있는데요.

리건 한 사람도 필요 없죠.

리어왕 필요를 따지지 마라! 아무리 찢어지게 가난한 거지라도 사치를 누리는 부분은 있는 법이다. 인간이 삶에 필요한 것 말고 아무것도 가질 수 없다면 짐승이나 다를 바가 없지. 너는 귀부인이지. 만약 옷이란 추위를 막는 것으로만 필요하다고 한다면 네가 지금 입고 있는 옷은 왜 필요하단 말이냐? 그러나 정말 인간에게는 필요한 것이 있다. 하늘이여, 저에게 인내를 주소서. 인내가 필요합니다! 신들이여, 여기 서 있는 불쌍한 늙은이를 보십시오. 늙고 슬픔이 많아 비참하기 이를 데 없는 불쌍한 늙은이를! 이 딸들이 아비를 배반하도록 하셨다 해도, 오 신이시여, 저를 우롱하지 마소서. 저를 노여움으로 분기탱천하게 하시옵고, 여자의 무기인 눈물이 이 늙은이의 뺨에 흐르지 않도록 하소서. 이 짐승 같은 년들아, 너희 두 년에게 기필코 복수를 하겠다. 온 세상이 깜짝 놀라도록, 아직은 모르지만 온 땅이 벌벌 떨도록 할 것이다. 네년들은 내가 울 줄 알았겠지? 천만에! 울 만한 이유는 충분하지만 나는 울지 않는다. (멀리서 폭풍우 소리 들린다) 울기 전에 이 심장이 천 갈래 만 갈래 찢어질 것이다. 오, 광대야, 나는 미치고 말겠구나! (리어왕, 글로스터, 켄트, 그리고 광대 퇴장)

콘월 안으로 들어갑시다. 폭풍우가 일 것 같소.

리건 이 집은 너무 비좁아서 노인과 시종들이 머물 수가 없어요.

고네릴 자업자득이야. 스스로 안락한 생활을 버리셨으니까. 어리석은 소행이 어떤 것인지 맛 좀 보셔야 해.

리건 단 한 명이라도 시종이 따르면 아버지를 모실 수 없어요.

고네릴 나도 마찬가지야. 글로스터 백작은 어디 계시지?

콘월 늙은이를 쫓아갔다가 돌아온 모양이군.

글로스터 다시 등장

글로스터 폐하께서는 화가 머리끝까지 치미셨습니다.

콘월 어디로 가셨소?

글로스터 말을 타고 계신데 어디로 가실는지 저도 모르겠습니다.

콘월 마음대로 하시라고 내버려 둡시다.

고네릴 백작, 절대로 말리지 마세요.

글로스터 아아! 밤이 옵니다. 차가운 바람이 사납게 불고 있어요. 이 근처 몇 킬로 안에는 머물 수 있는 곳이 전혀 없는데.

리건 백작님, 문을 닫으세요. 고집불통인 사람을 고치는 데에는 재앙이 필요해요. 문을 꼭 닫으세요. 아버지의 시종들은 난폭한 사람들뿐이어서 무슨 일을 저지를지 모르니까요. 우리 모두 지혜롭게 대처해야 해요.

콘월 문을 꼭 닫읍시다, 글로스터 백작. 사나운 밤이오. 리건의 말이 맞소. 자, 폭풍우를 피해 안으로 들어갑시다. (일동 퇴장)

제 3 막

William Shakespeare

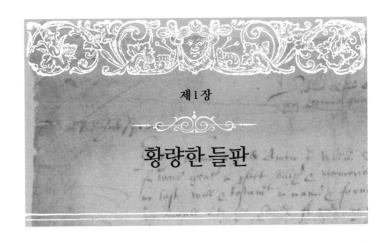

제1장

황량한 들판

🎵 폭풍우, 번개, 천둥치는 가운데 켄트와 기사가 양쪽에서 등장

켄트 거, 누구요? 이토록 사나운 날씨에.

기사 이 날씨처럼 마음이 아주 사나운 사람이오.

켄트 난 또 누구라고. 폐하께서는 어디 계시오?

기사 사나운 비바람과 맞서 싸우고 계십니다. 천지개벽이 되든
지 아예 없어지도록 싸우는 거지요. "바람이여, 대지를 바다

속으로 처넣어라. 파도여, 대지를 뒤덮어라" 하시며 명령하고
계십니다. 하지만 폐하께서 그토록 백발을 부여잡고 울부짖
어도 미쳐 날뛰는 바람은 깡그리 무시하고 몰아치고 있죠.
그저 인간이라고 하는 작은 몸뚱어리를 우주라도 되는 양
싸우고 계십니다. 오늘 같은 밤에는 아무리 미련한 곰이라
해도 굴 속에서 나오지 않고, 사자나 굶주린 이리라 해도 비
를 맞기 싫어할 텐데 폐하께서는 모자도 쓰시지 않은 채 뛰
어다니시며 모두 끝장이라고 소리치고 계십니다.

켄트 누가 모시고 있겠지요?

기사 광대뿐입니다. 심장이 찢어지는 국왕의 아픔을 광대는 익
살로 위로하려고 애쓰고 있습니다.

켄트 당신의 인품은 나도 이미 알고 있소. 그래서 부탁을 드리는
데 들어주지 않겠소? 알바니 공작과 콘월 공작은 사이가 좋
지 않소. 더욱이 그 두 사람 수하엔 프랑스 첩자가 있어 나라
의 정보를 팔고 있소. 그들은 요즘 노왕에 대한 무자비한 학
대와 고난 등을 모조리 정탐해 프랑스에 보내고 있소. 조만
간 프랑스 군대가 분열된 이 나라에 쳐들어올 것만은 확실
하오. 이미 저들은 우리의 무관심을 틈타 쓸 만한 항구에 진
을 치고 기선을 제압할 태세를 갖추고 있소. 그래서 부탁인
데, 나를 믿고 급히 도버까지 가 주실 수는 없겠소? 왕께서
두 딸들의 천륜을 벗어난 행실에 얼마나 크게 노하시고 슬퍼

하시는지 가서 전하면 깊은 감사와 함께 사례를 받을 수 있을 거요. 이런 말을 전하는 나 역시 혈통과 교양을 갖춘 신사요.

기사 좀 더 이야기를 듣고 싶소.

켄트 아닙니다. 내가 겉보기와는 다른 인물이라는 증거로 이 지갑을 열고 안에 든 것을 가지시오. 코델리아 공주님을 만나면 이 반지를 보여 드리시오. 그럼 내가 누구인지 아실 거요. 웬 폭풍우가 이리 심하담! 나는 폐하를 찾으러 가야겠소.

기사 악수나 합시다. 더 하실 말씀은 없소?

켄트 한마디만 더 덧붙이겠소. 하지만 이 말이 가장 중요하오. 당신은 저쪽으로, 나는 이쪽으로 가다가 누구든 먼저 폐하를 발견한 사람이 큰소리를 질러 신호를 해줍시다. (두 사람 따로따로 퇴장)

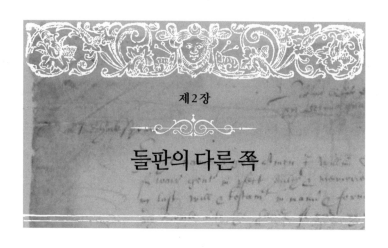

제2장

들판의 다른 쪽

폭풍우 계속, 리어왕과 광대 등장

리어왕　바람아 불어라, 내 뺨이 갈기갈기 찢어지도록! 미쳐 날뛰어라! 불어라! 폭포처럼 쏟아지는 호우여, 땅에 이는 회오리바람이여, 높은 탑에 세운 바람개비가 물속에 잠길 때까지 쏟아져라! 머리에 번뜩이는 생각처럼 재빠른 유황불이여! 참나무를 쪼개는 벼락을 알리는 번개여! 내 흰 머리를 태워라!

그리고 천지를 진동시키는 천둥이여, 두껍고 둥근 이 세상을 납작하게 짓이겨라. 자연의 틀을 깨어 은혜도 모르는 인간을 태어나게 하는 모든 종자들을 없애 버려라!

광대 아저씨, 방 안에서 아첨하는 것이 들판에서 비 맞는 것보다 나아요. 그러니 아저씨, 돌아가서 딸년들의 신세를 집시다. 칠흑같이 캄캄한 이런 밤에는 현명한 사람이나 바보나 똑같이 보인다니까요.

리어왕 실컷 으르렁거려라. 불을 뿜어라. 비를 퍼부어라. 비도 바람도 천둥도 번개도 내 딸이 아니다. 나는 너희 우주를 향해 비난하지는 않겠다. 나는 결코 너희들에게 왕국을 주지도 않았고 딸이라고 부르지도 않았다. 그러니 내게 복종할 필요는 없다. 너희들 멋대로 해라. 나는 너희들의 노예며 지치고 나약한 멸시받는 늙은이에 불과하다. 세상의 바람이여, 너희가 흉악한 두 딸년의 편이 되어 이 늙은이의 백발을 날려보낼 작정이냐? 오냐, 비굴한 사신들아, 이 백발의 애처로운 노인에게 돌진하다니! 더럽구나!

광대 머리를 넣어둘 수 있는 집 한 칸이라도 있는 사람은 현명한 사람이지. (노래한다)

집은 없어도 음낭을 넣을 바지가 있다면 음낭에 이가 들끓는다오.

마음속에 맺힌 분노를 발가락에 매고 다닌다면
발가락이 아파서 뜬눈으로 밤을 지새우지.
아무리 예쁜 여자라도 거울 앞에서는 입을 삐죽거리지.

켄트 등장

리어왕 내가 참자. 내가 본을 보여야 해. 아무 말 하지 말고 무조
건 참자.

켄트 거기 누구냐?

광대 넌 누구냐? 여기 왕관과 바지가 있다. 현명한 사람과 바보
가 있다는 말이다.

켄트 아, 폐하! 여기 계셨군요. 아무리 밤을 좋아하는 동물이라
도 이런 밤은 싫어할 것입니다. 이렇게 험한 날씨엔 짐승들조
차도 굴 속에 처박혀 나오지 않을 것입니다. 제가 철든 이후
로 하늘을 가득 타오르는 번갯불과 끔찍한 천둥소리, 미친
듯 몰아치는 비바람의 신음 소리는 들은 적도 없습니다. 인
간으로서는 도저히 감당할 수 없는 고통입니다.

리어왕 이토록 무서운 혼란을 불러일으키는 위대한 신들로 하여
금 내 원수를 찾아내게 하라. 적은 어디 있느냐? 나와 함께
들판에 남아 있는 기사여, 적들은 어디 있느냐? 가슴속 깊숙

이 죄악을 숨겨둔 채 아직 정의의 채찍을 받지 않은 자들이여, 거짓 증언을 한 자여, 간음을 범하고도 군자인 척하는 자여, 어디 숨어 있느냐? 네 몸이 산산조각나도록 떨어라. 죄를 교묘히 감춘 자들아, 몸을 숨긴 벽을 허물고 무서운 심판자에게 자비를 빌어라. 나는 지은 죄보다 덮어쓴 죄가 많은 억울한 사람이다.

켄트 아, 왕관도 안 쓰시고! 폐하, 바로 이 근처에 오두막이 있습니다. 비바람을 피해 잠깐만 쉬고 계십시오. 그동안 저는 그 몰인정한 집에 가보겠습니다. 돌로 지었지만 돌보다 더 냉혹한 집으로 들어가서 그들이 효도할 수 있도록 해보겠습니다.

리어왕 내가 드디어 미쳐 가나 보다. (광대에게) 이 바보야, 넌 어떠냐? 추우냐? 나도 춥다. (켄트에게) 여보게, 그 쉴 곳이라는 게 어디 있느냐? 가난이라는 게 참으로 신기하구나. 비천한 것도 고귀하게 만드니. 자, 오두막으로 가자. 불쌍한 광대 녀석아, 내 마음 한 구석엔 여전히 네가 안쓰럽구나.

광대 (노래한다)

재주가 미천한 자들은 비바람이 불면
운명이려니 만족하고 살아야 하지.
날이면 날마다 비가 내린다 해도.

리어왕 맞는 말이다. 함께 오두막으로 가자. (리어왕과 켄트 퇴장)

광대 창녀의 욕정을 식히기에 아주 좋은 밤이구나. 가기 전에 예언이나 해야겠다. 사제의 말이 행동보다 앞설 때, 술장사가 누룩에 물을 섞을 때, 귀족이 재봉사의 스승이 될 때, 이교도 대신 기생서방을 죽일 때, 빚진 변호사 없고 가난한 기사 없을 때, 욕이 사람 혀끝에 오르지 않을 때, 소매치기가 군중 속에 끼지 않을 때, 뚜쟁이와 창녀들이 교회를 세울 때, 그때가 되면 커다란 혼란이 일어나겠지. 이 같은 예언은 나보다 한 시대 앞서 살다 간 멀린이 해야 하는데. (퇴장)

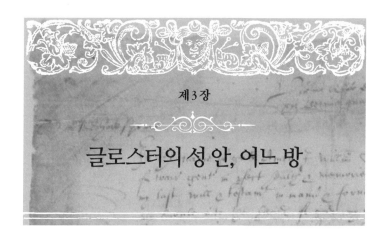

제3장

글로스터의 성안, 어느 방

글로스터와 횃불을 든 에드먼드 등장

글로스터 아, 슬프다! 에드먼드야, 이런 몰인정한 처사는 처음 보
았구나. 가여운 국왕을 위로해 드리려고 했더니, 공작 내외께
서는 내 집을 사용하지 못하도록 했을 뿐만 아니라 어떤 방
법으로든 국왕을 도와주기만 하면 나와 영원히 절교할 것이
라고 경고하시더구나.

에드먼드　정말 잔악하고 인정머리라곤 눈곱만큼도 없는 불효자
군요.

글로스터　하지만 걱정할 필요는 없다. 두 공작은 사이가 좋지 않
을 뿐만 아니라 그보다 더 나쁜 일들이 지금 벌어지고 있다.
이제 그들에게도 불행이 닥칠 거다. 오늘 밤 나는 밀서를 받
았다. 쉿! 입 밖에 내면 위험해. 이제 국왕께서 받으신 고통보
다 더욱 큰 고통을 당하게 될 것이다. 프랑스 병사들이 이미
이 땅에 상륙해 있어. 우린 국왕 편에 서지 않으면 안 돼. 국
왕을 찾아서 은밀히 구조할 테니, 너는 공작부인의 말상대나
하고 있거라. 만일 공작께서 나를 찾으면 아파서 누워 있다고
해라. 설사 목숨을 잃는 한이 있어도 나의 주인이신 왕을 구
해 드려야 해. 에드먼드, 무서운 세상이다. 몸조심해라. (퇴장)

에드먼드　이런, 아버지. 당신은 그만 큰 실수를 하고 말았군요.
자, 아버지의 왕에 대한 비밀스런 충성을 공작부인에게 알려
야 해. 그럼 아버지의 재산이 모두 내 것이 되겠지. 이것이야
말로 천재일우의 기회야. 노인이 쓰러지면 젊은이가 일어나
는 법이지. (퇴장)

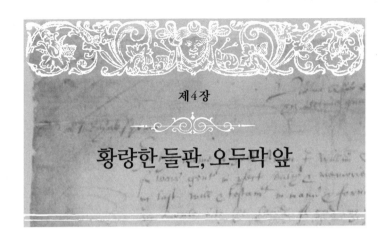

제4장

황량한 들판, 오두막 앞

🎵 리어왕, 켄트, 광대 등장

켄트 폐하, 이곳입니다. 안으로 들어가시지요. 이런 폭풍우는 인
간의 몸으로는 도저히 견뎌 낼 수 없습니다. (폭풍우 소리 여
전히 들린다)

리어왕 아니다. 내 걱정은 하지 마라.

켄트 제발 안으로 들어가십시오.

리어왕　넌 내 가슴을 찢어 놓을 작정이냐?

켄트　차라리 제 가슴을 찢고 싶습니다. 제발 안으로 들어가십시오.

리어왕　너는 폭우에 젖는 것을 대단한 일로 생각하는구나. 하긴 너한테는 그렇겠지. 하지만 인간이란 큰 병을 앓으면 작은 병쯤은 아무것도 아니란다. 곰을 보면 누구나 피하지. 하지만 눈앞에 성난 바다가 가로놓여 있다면 곰과 사생결단을 할 수밖에 도리가 없을 것이다. 마음이 편안해야 몸의 고통도 느끼는 법 아닌가. 내 마음속에 폭풍이 이렇게 부는데 심장의 고동 소리 외에 어떤 감각이 있겠느냐. 불효막심한 것들! 입에 먹을 것을 넣어준 손을 물어뜯는 것과 다를 바 없지. 캄캄한 밤에 나를 들판으로 내쫓다니! 하지만 절대로 눈물만은 흘리지 않겠다. 오, 리건, 고네릴! 아낌없이 모든 걸 주었건만. 아아, 그 생각을 하니 미칠 것만 같구나. 그런 생각은 그만두자! 더 이상은 하지 말자.

켄트　폐하, 제발 들어가십시오.

리어왕　너나 들어가 쉬어라. 난 이 폭풍우로 인해 생각을 안 해도 되겠구나. (광대에게) 이 집도 없는 가난뱅이야, 안으로 들어가거라. 나는 기도를 올리고 나서 들어가겠다. (광대, 안으로 들어간다) 가난하고 헐벗은 사람들아, 이 몰인정한 폭풍우를 맞으면서도 굶주린 배를 졸라매고 누더기를 걸친 채 밤낮

없이 유랑을 했겠구나. 그동안 내가 너희들에게 너무 무심했구나! 영화를 누리는 자들아, 이 일을 교훈으로 삼아라. 남은 것이 있거든 이들에게 나눠 주어라. 하느님이 공평하다는 걸 보여주어라.

에드가 (안에서) 물이 깊구나. 불쌍한 톰!

광대 (오두막에서 뛰쳐나온다) 들어가지 마세요, 아저씨. 귀신이야. 사람 살려, 사람 살려!

에드가 (안에서) 같은 처지야! 난 불쌍한 톰이라고!

켄트 호들갑을 떨지 말고 가만 있어 봐. 거기 누구냐?

광대 귀신이야, 귀신. 이름이 불쌍한 톰이래.

켄트 거기서 중얼거리는 놈은 누구냐? 어서 나와라.

미치광이로 변장한 에드가가 밖으로 나온다.

에드가 썩 꺼져라! 악마가 쫓아온다! 가시 돋친 산사나무 사이로 차가운 바람이 분다. 아, 춥구나! 잠자리로 들어가 몸이나 녹여라.

리어왕 자네도 두 딸에게 모든 것을 양도했는가? 그래서 이 꼴이 되었는가?

에드가 누가 이 불쌍한 톰에게 그런 걸 주겠어요? 그 더러운 악마들이 날 여기저기 끌고 다녀요. 불꽃 속으로, 물속으로, 늪 속으로, 시궁창 속으로 이리저리 마구 끌고 다녀요. 베개 밑에 단도를 넣어 두고, 의자에는 목 매달아 죽이는 밧줄을 걸어 놓고, 죽 그릇 옆에는 약을 놓고 거들먹거리는 말을 타고 반역자라고 소리치며 쫓아와요. 아, 톰은 추워요. 악마에게 벗어나게 해주소서. 악마에게 사로잡혀 있는 불쌍한 톰에게 적선하세요. 이번만은 그놈을 붙잡을 수 있었는데. 여기다. 아니, 저기다! (폭풍우 계속)

리어왕 뭐야! 이놈도 딸년들 때문에 이 지경이 되었나? 너도 네 몫을 남겨 두지 않고 몽땅 줬느냐?

광대 아뇨, 담요 한 장은 남겨 놓았죠. 그것조차 없었으면 눈 뜨고 볼 수 없었겠죠.

리어왕 머리 위를 떠도는 모든 재앙들이 네 딸년들 머리 위에 떨어지도록 빌거라!

켄트 이 사람에게는 딸이 없습니다.

리어왕 (켄트에게) 뒈져라, 이 자식아! 불효한 딸 때문이 아니라면 누가 인간을 저토록 비참하게 만들어 놓는단 말이냐? 자식에게 버림받은 아비들이 저렇게 자학하는 것이 요즘 유행인가? 하긴 이런 벌을 받아도 싸지! 아비의 피를 빨아먹는 펠리컨 같은 딸들을 낳은 몸뚱이니까.

에드가 필리콕(펠리컨)은 필리콕 산에 앉았구나. (펠리컨을 부르

듯) 허이, 허이, 허어이!

광대　이렇게 추운 밤에는 모두 바보가 되거나 미쳐 버릴 거야.

에드가　악마를 조심해요. 부모 말은 잘 듣고 약속은 반드시 지
키세요. 맹세를 함부로 하지 말고, 남의 부인을 범하지 말고
좋은 옷에 한눈 팔지 말아요. 톰은 추워요.

리어왕　넌 전에 무엇을 했느냐?

에드가　시종이었죠. 교만으로 가득 찬 여주인의 비위를 맞추면
서요. 머리를 지지고 모자에 장갑을 붙이고 다니는 마님의
색정을 채워 주느라 컴컴한 곳에서 정사도 했죠. 입에서 나
오는 대로 맹세를 한 뒤 하느님 앞에서 곧장 깨뜨리기도 했
고요. 잠자리에선 욕정을 채울 궁리를 하고 깨어나선 계획
을 실천에 옮겼지요. 술도 몹시 좋아했고 도박도 즐겼어요.
여자에 있어서는 터키 왕 뺨치고요. 마음은 거짓되고, 귀는
여리고, 손은 잔학하고, 돼지처럼 게으르고, 여우처럼 교활
하고, 사자처럼 남을 혐담했지요. 창녀들의 집에는 발을 들
여놓지 말고, 여자의 허리춤 사이로 손을 넣지 말고, 빚쟁이
장부에 이름을 올리지 마세요. 산사나무 덤불 사이로 찬바
람은 쉴새없이 불어요. 이봐, 돌고래 같은 놈아! 지나가게 해
다오. (폭풍우 여전하다)

리어왕　알몸으로 하늘의 매서운 시련을 겪으니 너는 차라리 무
덤 속에 있는 게 낫겠다. 인간이 겨우 이런 존재밖에 안 된단

말이냐? 이 사람을 보아라. 여기 있는 우리는 모두 자신을 숨기느라 옷을 입고 있는데, 너는 태어날 때의 모습 그대로구나. 옷을 입지 않으면 인간은 모두 너처럼 두 발 달린 짐승에 불과해. 벗어 버리자. 이 따위 빌려 입은 옷들은 벗어 버리자. 여봐라. 이 단추를 끌러라. (자기 옷을 찢는다)

광대   제발 아저씨, 진정하세요. 오늘 밤은 수영할 만한 날씨가 못 된다고요. 이런 때에는 황량한 들판에 불이 있다 해도 음탕한 늙은이의 정열과 같아. 불똥만 있을 뿐 온 몸은 차디차거든. 보세요, 불덩이 하나가 걸어오네요.

글로스터가 횃불을 들고 등장

에드가   저놈은 악마 플리버티지베트로구나. 저놈은 새벽 세 시에 나와 첫닭이 울 때까지 쏘다니죠. 우리를 사팔뜨기, 언청이로 만드는 자도 저놈 짓이야. 밀짚을 썩히고 땅속의 벌레를 못 살게 구는 것도 저놈의 짓이지. (노래한다)

위솔드 성인이 벌판을 걷다가
아홉 마리 부하를 가진 가위귀신을 만났대요.
귀신더러 내려오라고 소리를 질렀다나 봐요.

못된 짓 하지 마라 했죠.

악귀야, 사라져라, 썩 물러가라.

켄트 폐하, 어떠십니까?

리어왕 저놈은 누구냐?

켄트 (글로스터에게) 거기 누구요? 누굴 찾고 있소?

글로스터 너는 누구냐? 이름을 대라!

에드가 불쌍한 톰이에요. 이놈은 헤엄치는 개구리, 두꺼비, 올챙이, 도마뱀, 물에 사는 도롱뇽을 먹고 산답니다. 악마가 지랄하면 야채 대신 쇠똥을 먹고, 늙은 쥐나 개천에 버린 개를 마구 삼킨답니다. 이놈은 파란 이끼 낀 연못을 통째로 마시고, 사람들에게 뭇매를 맞으며 이 마을 저 마을로 끌려 다니고 감옥에 갇히기도 하는 놈이지요. 옛날에는 그래도 웃옷이 세 벌, 속옷이 여섯 벌, 말도 타고 칼도 찼지요. 하지만 7년 동안 먹은 것은 고작 생쥐와 쥐, 작은 벌레들뿐이지요. 내게 붙어다니는 놈을 조심해요. 비켜라, 악마놈!

글로스터 폐하, 저런 놈들하고 같이 계셨습니까?

에드가 염라대왕은 신사죠. 이름은 모도로 마후라고도 하죠.

글로스터 폐하, 피를 나눈 자식들까지 얼마나 악독한지 자기들을 낳아 준 부모들까지 증오하는 세상이 되었습니다.

에드가 가여운 톰은 추워요.

글로스터　자, 제가 안내하죠. 전 폐하의 신하된 몸으로서, 따님들의 그 냉혹한 명령을 받아들일 수 없습니다. 폭풍이 휘몰아치는 이 밤을 폐하께서 고스란히 겪으시도록 하라는 따님의 엄명을 어떻게 따를 수가 있겠습니까? 이제 폐하를 불과 따뜻한 식사가 있는 곳으로 안내하겠습니다.

리어왕　잠깐 저 철학자와 얘기하고 싶다. 천둥의 원인이 무엇이냐?

켄트　폐하, 저분의 권유대로 안으로 들어가시지요.

리어왕　나는 이 테베의 학자와 얘기를 나누고 싶단 말이다. 네가 주로 연구하고 있는 것은 무엇이냐?

에드가　악마보다 먼저 곤충을 죽이는 일이지요.

리어왕　한 가지만 더 은밀히 묻고 싶다.

켄트　(글로스터에게) 한 번만 더 권해 보십시오. 폐하의 정신이 좀 이상해진 듯한 모양입니다.

글로스터　무리가 아니오. 그런 일을 당하고 제정신이라면 오히려 이상하지. 딸들이 노왕을 죽이려고 하니 말이오. 아, 훌륭한 켄트! 가엾게도 그는 이 같은 사태를 경고하는 바람에 추방까지 당하고. 당신은 국왕께서 실성하신 것 같다고 했는데, 실은 나도 미칠 지경이라오. 내겐 아들이 하나 있었소. 아주 최근에 그놈이 글쎄 내 목숨을 노렸지 뭐요. 세상의 어떤 아비가 나처럼 자식을 사랑했겠소? 사실 지금 나는 미칠 것만 같소. 정말 끔찍한 밤이로군! 폐하, 제발······.

리어왕 아, 용서하시오. (에드가에게) 학자 선생, 함께 들어갑시다.

에드가 톰은 추워요.

글로스터 다들 움막 안으로 들어가서 몸을 녹입시다.

리어왕 자, 함께 들어가자.

켄트 이쪽입니다, 폐하.

리어왕 아니, 난 저 사람하고 함께 가겠다. 난 학자와 한시도 떨어지고 싶지 않구나.

켄트 (글로스터에게) 폐하 말씀대로 하십시오. 저 사람도 데려가도록 하십시다.

글로스터 그럼 당신이 데려가시오.

켄트 (에드가에게) 이봐, 나를 따라와.

리어왕 자, 아테네에서 온 학자 선생.

글로스터 쉿! 다들 조용히.

에드가 (노래한다) 컴컴한 성에 기사 로랜드가 다다르니 신호는 항상 포, 펌, 영국 사람 피 냄새가 진동을 하네. (모두 퇴장)

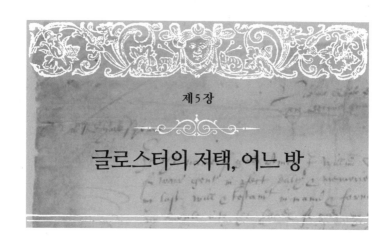

제5장

글로스터의 저택, 어느 방

🍃 콘월과 에드먼드 등장

콘월　이 집을 떠나기 전에 기필코 원수를 갚을 거야.

에드먼드　부자간의 천륜을 어기면서까지 공작님께 충성을 바쳤다고 세상이 얼마나 비난할까요? 그것만 생각해도 왠지 두려워집니다.

콘월　이제 생각해 보니 자네 형이 백작을 죽이려고 한 것도 성질이 포악해서 그런 것만은 아닌 것 같아. 자네 아버지에겐 아들이 살의를 일으킬 만한 충분한 약점이 있었던 거야.

에드먼드 제 운명도 참으로 기가 막히지요. 옳은 일을 하면서도 뉘우쳐야 하니까요. (편지를 꺼내면서) 이것이 저의 아버지께서 말씀하시던 그 밀서입니다. 아, 아버지가 프랑스 군을 위해 일한 첩자였다니! 신이시여, 이런 반역을 아들이 고발하다니, 이 무슨 얄궂은 운명입니까! 바로 내가 편지를 밀고하는 자가 아니었다면 얼마나 좋았을까.

콘월 나와 같이 아내가 있는 곳으로 가세.

에드먼드 만일 이 내용이 사실이라면 공작님의 신상에 중대한 일이 일어날 것입니다.

콘월 사실이든 거짓이든 이제 그대는 글로스터 백작이 되었네. 그대 아버지의 행방을 찾아 즉시 체포하게.

에드먼드 (방백) 아버지가 국왕을 돕고 있는 현장이 발각되면 혐의는 더욱 짙어지겠지. (콘월에게) 충성과 효성 중 하나를 골라야 한다면 저는 충성의 길을 선택하겠습니다.

콘월 그래, 잘 선택했네. 자네 부친이 자네에게 베풀었던 것 이상으로 자네에게 애정을 쏟겠네. (두 사람 퇴장)

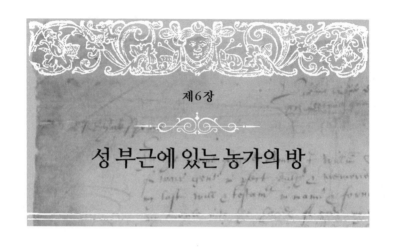

제6장

성 부근에 있는 농가의 방

 글로스터와 켄트 등장

글로스터   그래도 바깥보다 이곳이 한결 낫구려. 될 수 있는 대로
    폐하를 위로해 드립시다. 난 잠깐 동태를 살피러 성에 다녀오
    겠소.

켄트   국왕의 모든 분별력은 분노와 함께 사라졌습니다. 친절하신
    백작님께 하느님의 축복이 내리시길 바랍니다. (글로스터 퇴장)

🌿 리어왕과 에드가, 광대 등장

에드가 악마가 나를 부르고 있어. 저 양반 말을 들어보니 황제 네로가 지옥의 호수에서 낚시질을 하고 있는 모양이지? (광대에게) 너는 착한 사람이지? 악마가 붙지 않도록 조심해야 해.

광대 아저씨, 미친 사람은 도시 신사인가요, 시골 농부인가요?

리어왕 왕이지, 왕!

광대 아냐, 도시 신사가 된 아들을 가진 사람은 시골 농부야. 자기를 신사로 만들 수 없으니까 아들을 신사로 만든 거지.

리어왕 수천이나 되는 악마들이 벌겋게 단 쇠꼬챙이를 들고 그년들한테 덤벼들었으면…….

에드가 악마가 내 잔등을 깨물어요.

광대 늑대의 온순함을 믿고, 말의 건강을 믿고, 또 소년의 사랑이나 창녀의 맹세를 믿는 사람은 정말 미친놈이지.

리어왕 그년들을 즉시 법정에 소환하라. (에드가에게) 박식한 재판장님, 여기 앉으시오. (광대에게) 현명하신 분, 넌 여기에 앉고. 그런데 요 암여우들아, 너희들은 여기 꼼짝 말고 앉아 있어.

에드가 저기 봐요, 저놈이 서서 노려보고 있어요. 부인, 재판을 하는데 방청인이 필요하다고요? 냇물을 건너오너라. 귀여운…….

광대 (노래한다)

배에 물이 새네요.

그대에게 가고 싶어도 갈 수 없는 사랑의 강.

에드가 흉악한 악마가 꾀꼬리 소리를 내면서 불쌍한 톰을 따라
다녀요. 악마 홉댄스는 톰의 뱃속에서 싱싱한 청어를 두 마
리만 달라고 아우성친답니다. 악마야, 칭얼대지 마라. 너에게
줄 음식은 없으니까.

켄트 왜 그러십니까, 폐하? 그렇게 서 계시지만 말고 자리에 누
워 좀 쉬시지요.

리어왕 우선 저년들의 재판부터 해야겠다. 저년들을 탄핵할 증
인을 불러라. (에드가에게) 법관복을 입으신 재판관님, 자리에
앉아 주시지요. (광대에게) 너는 배석 재판관 자격으로 그 옆
에 앉아라. (켄트에게) 너는 재판위원회의 한 사람이니 거기
앉고.

에드가 공평하게 재판을 해보자. (노래한다)

즐거운 양치기야, 자느냐 깨어 있느냐?

양 떼들이 밭을 망치고 있구나.

네 입으로 휘파람 한 번만 불어 주려마.

양 떼에겐 아무 탈도 없으련만.

야옹! 이놈의 고양이는 회색빛이군.

리어왕　우선 저년부터 소환해. 고네릴 말야. 저명하신 재판장님, 제가 감히 맹세하건대 저년은 자기 아비인 부왕을 발길질한 년입니다.

광대　앞으로 나오시오. 당신 이름이 고네릴이오?

리어왕　아니라곤 못하겠지.

광대　아, 미안하오. 난 당신을 고급의자로 생각했소.

리어왕　저 찌그러진 상판을 보면 심보가 얼마나 고약한지 알 수 있을 거요. 저년을 붙들고, 칼로 쳐라! 불을 밝혀라! 뇌물을 받았나? 법정이 부패했군! 부정한 재판관아, 저년을 풀어 준 이유가 뭐요?

에드가　제발 정신을 차리세요!

켄트　아, 슬픈 일이구나! 그토록 자랑하시던 인내심은 지금 어디에 다 갖다 버렸단 말인가. 자제심만은 잃지 않겠다고 하셨으면서.

에드가　(방백) 이렇게 눈물을 흘리다가는 변장한 게 탄로나겠구나.

리어왕　트레이, 블랜치, 스위치하트, 강아지들까지 일제히 나를 향해 짖고 있구나.

에드가　이 톰은 머리에 쓴 것을 벗어 던지겠소. 자, 톰이 강아지들을 쫓아드리지. 개새끼들아, 저리 가라! (노래한다)

　네 입이 검든 희든 뭔가를 물면 이에서 독기가 나온다.

사냥개, 똥개, 하운드, 스패니얼, 암캐, 수캐든
꽁지 잘린 삽사리, 복슬개도 톰 때문에 짖고 야단이다.
머리 위에 쓴 것을 집어던지면 개들은 놀라서 달아난다.
자, 춥구나. 잔치에 가자. 장으로 가자.
불쌍한 톰, 네 술잔이 비었구나.

리어왕 자, 이제 리건 이년을 해부해 주시오. 이년의 심장에 무엇
이 자라고 있나 봅시다. 이토록 냉혹한 마음을 만들었을 때
에는 필시 창조주에게 이유가 있었을 것이다. (에드가에게) 너
를 내 100명의 시종 가운데 끼워 주마. 단지 네 차림새가 뭐
냐? 넌 페르시아 복장이라고 우겨 대겠지만 바꾸어 입는 것
이 좋겠다.

켄트 폐하, 잠깐만 누워서 쉬시지요.

리어왕 부산 떨지 마라. 커튼을 처라. 저녁식사는 아침에 들겠다.

광대 나는 대낮에 잠자리에 들어야지.

글로스터 다시 등장

글로스터 여보시오, 국왕께선 어디 계시오?

켄트 여기 계십니다. 그러나 조용히 하십시오. 주무시니까.

글로스터 폐하를 안아 일으키시오. 국왕의 목숨을 노리는 음모가 있다는 소문이오. 들것을 준비해 놓았으니 도버까지 급히 모시시오. 그곳에 가면 보호를 받을 수 있을 거요. 만일 당신이 반 시간만 지체해도 왕의 목숨뿐만 아니라 그 주위 사람들까지 모두 목숨을 잃을 거요. 그러니 어서 폐하를 안고 내 뒤를 따르시오.

켄트 지쳐서 곤히 주무시고 계십니다. 이렇게 한숨 주무시고 나면 광란이 진정되고 회복될 수 있을 텐데. (광대에게) 너도 폐하를 안아 일으키는 데 도와다오. 지금 우물쭈물할 때가 아니다.

글로스터 자, 갑시다. (켄트, 글로스터, 광대, 국왕을 부축하고 모두 퇴장, 에드가만 남는다)

에드가 신분이 높은 분이 저렇게 고통받고 있는 것을 보니 내 불행은 새 발의 피로구나. 세상의 즐거운 일이나 행복한 광경 뒤에는 저토록 마음의 고통을 받는 사람이 있지. 하지만 벗이 같이 슬퍼한다면 마음의 고통도 줄어들리라. 국왕 폐하께서 저토록 심한 고통을 겪는 걸 보니 내게 닥친 고통을 쉽게 견딜 수가 있겠다. 내가 아버지 때문에 고통을 받듯이 국왕께서는 따님 때문에 고통을 받고 있구나! 톰, 꺼져라! 언젠가 네 누명이 밝혀질 때까지 가자. 네 정당성이 입증될 때, 네 정체를 밝혀라. 제발 왕께서 무사히 탈출하시기를. (퇴장)

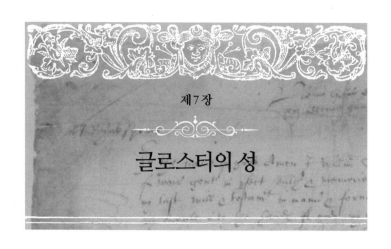

제 7 장

글로스터의 성

🐚 콘월, 리건, 고네릴, 에드먼드, 그리고 시종들 등장

콘월 (고네릴에게) 알바니 공작에게 가서 이 편지를 보이세요. 프
랑스 군이 침략해 왔소. (시종들에게) 반역자 글로스터 놈을
찾아라. (시종 몇 사람 퇴장)

리건 체포하는 즉시 교수형에 처하세요.

고네릴 두 눈을 뽑아 버리는 게 좋을 것 같아요.

콘월 처벌은 나에게 맡기시오. 에드먼드, 자네는 처형을 모시고
가도록 하오. 우리는 반역자인 그대 부친을 처형할 텐데 눈
뜨고 볼 수 없을 거요. 알바니 공작한테 가서 빨리 전쟁 준비
를 하시라고 하오. 우리도 재빨리 전쟁 준비를 착수해 연락
하겠소. 잘 가시오, 처형, 그리고 내 사랑하는 글로스터 백작.

🌱 오스왈드 등장

콘월 어떻게 되었느냐? 왕은 어디에 있지?

오스왈드 글로스터 백작이 왕을 모시고 갔습니다. 왕의 기사 서
른대여섯 명과 함께 백작이 왕을 모시고 도버를 향해 갔답니
다. 그곳에서 군대가 그들을 기다리고 있다고 큰소리를 치면
서 말이죠.

콘월 공작부인이 타실 말을 준비하거라.

고네릴 안녕히 계십시오, 공작님. 리건, 너도 잘 있어.

콘월 에드먼드, 다녀오시오. (고네릴, 에드먼드, 오스왈드 퇴장) 반
역자 글로스터를 당장 찾아와. 강도처럼 뒤로 묶어 끌고 오
너라. (다른 시종들 퇴장) 재판도 하지 않은 채 교수형에 처하
는 것이 꺼림칙하지만 홧김에 하는 걸 누가 막겠는가. 누구
냐? 반역자를 끌고 왔느냐?

🎵 시종들이 글로스터를 체포하여 등장

리건 배은망덕한 너구리 같은 놈!

콘월 그놈의 말라비틀어진 팔을 꽁꽁 포박하라.

글로스터 이게 어찌된 일이십니까? 당신들은 우리 집의 손님들이
　　　　신데 어찌 주인인 제게 이 같은 행패를 부리십니까?

콘월 잔말 말고 포박하라! (시종들, 그를 묶는다)

리건 단단히, 꼼짝하지 못하도록 묶어라. 이 더러운 반역자!

글로스터 잔혹한 부인이시여, 저는 반역자가 아닙니다.

콘월 의자에다 포박하라. 이 악당아, 내 오늘 본때를 보여주겠
　　　　다. (리건, 글로스터의 턱수염을 잡아 뽑는다)

글로스터 하느님, 맙소사! 수염을 뽑다니, 세상에 이보다 더한 치
　　　　욕은 없습니다!

리건 수염은 흰 놈이 뱃속은 시커멓구나.

글로스터 부인은 참으로 잔인하기 이를 데 없군요. 부인이 뽑은
　　　　턱수염은 하나하나 다시 살아나 부인을 저주하게 될 거요.
　　　　나는 여러분을 환대한 이곳의 주인이오. 그 주인의 얼굴에
　　　　도둑과 다를 바 없는 손으로 이런 짓을 감행한다는 건 하늘
　　　　이 용서치 않을 거요.

콘월 이봐, 최근에 프랑스에서 어떤 편지를 받았느냐?

리건 솔직히 대답해! 이미 다 알고 있으니까.

콘월　요즘 이 땅에 상륙한 반역자들과 무슨 음모를 꾸몄느냐?

리건　미치광이 왕을 누구한테 넘겼는지 실토하라고!

글로스터　추측에 불과한 편지를 받기는 받았습니다만, 그것은 어느 쪽에서 온 것이 아니라 중립적 입장에 선 제삼자로부터 온 것입니다.

콘월　간사한 놈이구나.

리건　거짓말이야!

콘월　국왕을 어디로 보냈냐고?

글로스터　도버로 보냈소.

콘월　왜? 국왕을 보내지 말라는 엄명을 받았을 텐데!

글로스터　(중얼거린다) 말뚝에 매인 곰처럼 개 떼의 공격을 받을 수밖에 없구나.

리건　무엇 때문에 보냈느냐? 만일 그런 짓을 하면 목숨을 내놓아야 할 텐데…….

콘월　왜 도버로 보냈어? 그것부터 말해 봐!

글로스터　(중얼거린다) 이처럼 말뚝에 결박을 당했으니, 개떼의 습격을 받을 수밖에 없겠구나.

리건　왜 도버로 보냈는지 어서 말해 봐!

글로스터　네 잔인한 손톱이 늙은 왕의 눈알을 후벼파고 포악한 네 언니의 산돼지 같은 어금니가 왕의 신성한 옥체를 물어뜯는 것을 차마 볼 수 없었기 때문이다. 왕께서는 심한 폭풍우를 맨몸으로 맞으시면서도 오히려 비가 더 쏟아지기를 바라셨다. 그렇게 무서운 상황이라면 늑대가 너의 집 앞에서 짖어댄다 해도 문을 열었을 것이다. 다른 일은 몰라도 날개 달린 복수의 여신이 분명 너희들한테 복수하는 것을 나는 기필코 보게 될 것이다.

콘월 흥! 절대로 못 보게 해 줄 것이다. (시종들에게) 여봐라, 의자를 꽉 붙들고 있어라. 이놈의 눈깔을 뽑아 내 발로 직접 짓이겨 주겠다. (글로스터의 한쪽 눈을 도려내 발로 짓이긴다)

글로스터 오래 살고 싶은 사람이 있다면 나를 좀 도와다오! 오, 신이시여! 어찌 이토록 잔인하단 말인가!

리건 한쪽 눈이 다른 쪽 눈을 비웃겠지. 그러지 다른 쪽 눈마저 뽑아 버리세요.

콘월 당신은 복수의 여신을 보고 싶겠다만……

시종 1 공작님, 참으세요. 저는 어릴 때부터 공작님을 모셔 왔습니다만, 지금 이것을 말리지 못한다면 시종으로서 도리가 아닌 것 같습니다.

리건 뭐라고? 이 개 같은 놈이!

시종 1 마님의 턱에 수염이 났다면, 내가 그 수염을 뽑았을 것입니다.

리건 뭐라고?

콘월 이 종놈이! (두 사람 칼을 빼들고 싸운다)

시종 1 자, 덤벼라. 분노의 칼을 받아라. (콘월, 손에 상처를 입는다)

리건 (다른 시종에게) 칼을 이리 좀 다오. 종놈이 감히 어디라고 대들어! (리건, 칼을 들고 시종을 등 뒤에서 찌른다)

시종 1 아이쿠, 나는 죽는구나! (글로스터에게) 백작님, 남은 눈 하나로 제가 저자에게 입힌 상처를 보십시오. 으윽! (죽는다)

콘월 마저 뽑아 버려 더 이상 볼 수 없게 해 주마. 이 더러운 젤리! 야앗! 아직도 빛이 보이느냐? (글로스터의 남은 눈을 도려내 발로 짓이긴다)

글로스터 아, 온통 암흑 천지구나. 내 아들 에드먼드는 어디 있느냐? 에드먼드, 남은 효성에 불을 붙여 이토록 끔찍한 일에 복수하거라.

리건 닥처라, 반역자! 네가 그토록 찾는 아들은 너를 증오하고 있다! 널 밀고한 자가 바로 에드먼드였다. 누가 너 따위를 동정하겠느냐?

글로스터 뭐라고? 아아, 내가 어리석었구나! 에드가가 모략에 걸려든거로구나. 자비로우신 신이시여, 용서하소서. 에드가에게 행운을 허락하소서!

리건 저놈을 문밖에 갖다 버려라. 도버까지 냄새를 맡으며 가도록. (글로스터 시종의 부축을 받으며 퇴장) 당신, 얼굴빛이 왜 그래요?

콘월 손에 상처를 입었소. 저 노예 놈을 똥통에 갖다 버려라. 리건, 피가 많이 나는군. 하필 이런 때 상처를 입다니. 나를 부축 좀 해주시오. (리건에게 부축을 받으며 콘월 퇴장)

시종 2 저런 것들이 잘 산다면 나도 무슨 악행이든지 저지르리라.

시종 3 저런 여자가 오래 산다면 여자들은 모두 괴물이 될 거야.

시종 2 그 미친 베드람 거지에게 찾아가 백작님을 모시도록 부탁하자. 그놈은 떠돌아다니는 게 직업이니 어디든지 모셔다 드리겠지.

시종 3 그렇게 하자. 나는 달걀 흰자위와 삼베를 얻어 피투성이가 된 저 얼굴에 발라 드려야지. 하느님, 저분을 도와주소서!

(좌우로 퇴장)

제 4 막

William Shakespeare

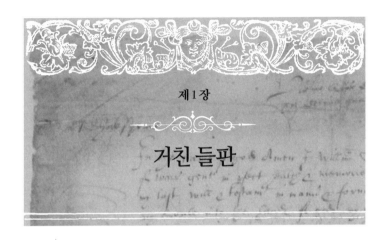

제1장

거친 들판

🐚 에드가 등장

에드가　이렇게 드러내 놓고 바보 취급을 당하는 게 속으로 욕을
얻어먹으며 입에 발린 아첨을 받는 것보다 낫지. 불행의 밑바
닥까지 떨어져 가장 비천한 처지에 빠지면 다시 올라갈 수도
있는 게 아닌가. 인생의 절정에서 밑바닥으로 떨어지는 일이
야말로 슬픈 일이야. 그러나 최악의 사태에서 희망이 솟아나

는 게 아닌가. 그렇다면 나는 기꺼이 수용하리라. 보이지 않는 바람이여, 불어라. 너로 인해 불행의 구렁텅이로 떨어졌지만 이젠 하나도 두렵지 않다. 누가 오는 걸까?

🍃 글로스터가 노인의 손에 이끌려 등장

에드가 오, 아버지시구나. 초라한 옷차림에 부축을 받으시면서 오시다니. 아, 이 무슨 변고인가! 세상아, 이러한 혼란이 일어나니 오래 살고 싶지 않구나.

노인 아, 백작님! 저는 선대 때부터 80년 동안 백작님의 소작인으로 일해 왔습니다.

글로스터 날 내버려 두고 가게. 제발 돌아가. 자네까지 화를 당하는 걸 보고 싶지 않아.

노인 그렇지만 앞도 못 보시면서……

글로스터 마땅히 가야 할 곳도 없으니 눈도 필요 없네. 눈이 보일 때에도 나는 헛디딘 적이 많았어. 하지만 의지할 게 없으면 오히려 더 강해지지. 아, 사랑하는 내 아들 에드가야, 너는 속아넘어간 이 아비의 분노 때문에 희생되었구나! 내가 살아생전에 너를 한번이라도 만져볼 수만 있다면, 나는 다시 눈을 얻은 거나 다름없겠다.

노인   누구요! 거기 있는 사람이 누구요?

에드가   (방백) 아, 신이시여! 누가 '지금이 최악의 상태'라고 말할 수 있겠는가? 조금 전보다 더 최악의 상태에 놓인 것을.

노인   미친 거지 톰이로군.

에드가   (방백) 더 나빠질 수도 있으니, '이것이 최악이다'라고 말할 수 있는 한은 최악이 아니다.

노인   이놈아, 어딜 가느냐?

글로스터   그 거지인가?

노인   미치광이에다 거지입니다.

글로스터   거지 노릇을 할 수 있다면 정신이 남아 있는 모양이구나. 그렇지 않으면 거지 노릇을 할 수도 없을 테니까. 어젯밤 그런 놈을 보았는데, 그때 난 인간이 구더기와 다를 것이 없구나 생각했지. 그때 갑자기 아들놈 생각이 났어. 하지만 그때만 해도 아들과 화해할 생각이 없었지. 에드가야, 널 보고 싶어도 이젠 볼 수가 없겠구나. 신은 아이들이 파리를 장난삼아 죽이듯이 우리 인간을 죽이는구나.

에드가   (방백) 어쩌다 저렇게까지 되셨을까? 슬픔을 억누르며 바보 노릇을 해야 하다니. 나뿐만 아니라 다른 사람까지 화나게 하면서. (글로스터에게 큰 소리로) 안녕하세요, 아저씨!

글로스터   저놈이 말하는 건가?

노인   예, 그렇습니다.

글로스터 자넨 이제 돌아가 주게. 여기서부터 도버까지는 3킬로미터쯤 되니까 걱정하지 말고. 그리고 자네에게 부탁 좀 하겠네. 저 녀석이 몸에 걸칠 옷이나 좀 갖다 주게. 길을 안내해 달라고 부탁할 참이니.

노인 하지만 저 녀석은 미친놈입니다.

글로스터 미친놈이 장님의 길잡이가 되는 것도 이 시대의 저주 아니겠나? 내가 시키는 대로 해. 어서 집으로 돌아가.

노인 그럼 얼른 가서 제가 갖고 있는 옷 중에 가장 좋은 걸 갖고 오겠습니다. (퇴장)

글로스터 이 녀석아, 이리 와 봐.

에드가 불쌍한 톰은 추워요. (방백) 더 이상은 숨길 수가 없구나. 하지만 속여야 해. 아아, 저 눈에서 피가 흐르고 있어.

글로스터 너 도버로 가는 길을 아느냐?

에드가 층계나 좁은 통로나, 말 타고 가는 길이나, 사람들이 걸어가는 길이나 모두 알고 있습니다. 불쌍한 톰은 악마 때문에 정신이 나갔지만, 아저씨는 귀한 집 자제이니 악마에게 사로잡히지 않도록 조심하세요. 이 불쌍한 톰에게는 한꺼번에 악마가 다섯 마리나 달라붙었어요. 음탕한 오비디컷, 벙어리 왕자 홉비디댄스, 도둑질 하는 마후, 살인마 모도, 쓸고 닦는 플리버티지베트 말이에요. 맨 끝놈은 시녀들한테도 붙어다니죠. 그러니 나리도 조심하세요.

글로스터 자, 이 돈주머니를 받아라. 하늘의 재앙을 묵묵히 견뎌내는 넌 운명을 이겨낸 놈이구나. 내가 처참한 꼴이 되고 보니, 네가 오히려 행복해 보인다. 신이시여, 언제나 이렇게 해주십시오! 호의호식하는 자들, 하늘의 뜻을 가볍게 여기는 자들, 인간의 쓰라림을 외면하는 자들에게 하늘의 위력을 즉시 느끼도록 해주소서. 이렇게 하면 불평등의 세상은 사라질 것입니다. 넌 도버로 가는 길을 알고 있느냐?

에드가 네, 압니다요.

글로스터 거기 가면 절벽이 있다. 그 절벽까지만 나를 데려다 다오. 그러면 내 몸에 지닌 값진 물건으로 네 가난을 구제해 주겠다. 거기서부터는 안내가 필요 없다.

에드가 제 손을 잡으세요. 불쌍한 톰이 안내하겠습니다. (두 사람 퇴장)

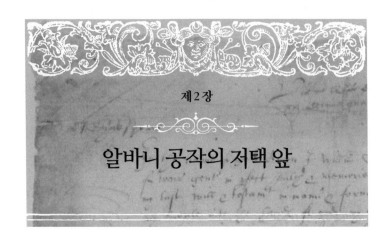

제2장

알바니 공작의 저택 앞

🍃 고네릴과 에드먼드 등장

고네릴 백작님, 어서 오세요. 그런데 이상한 일이군요. 마음씨
좋은 우리 남편이 마중을 나오시지 않다니.

🍃 오스왈드 등장

고네릴 공작님은 어디 계시냐?

오스왈드 안에 계십니다만 아주 딴사람이 되셨습니다. 적군이 상륙했다 해도 웃으시기만 하더군요. 또 마님께서 돌아오셨다고 해도 시큰둥하게 대답하셨습니다. 글로스터 노인의 배반과 그 아들의 충성스런 봉사에 대해서 말씀드렸더니, 오히려 저를 바보 같은 놈이라고 욕을 하며 야단을 치셨습니다. 가장 싫어할 일을 공작님께서는 가장 즐기는 듯하셨습니다.

고네릴 (에드먼드에게) 그럼 당신은 들어갈 필요가 없겠군요. 남편은 간이 작아서 모욕을 당해도 복수할 생각을 못한답니다. 우리가 오는 도중에 얘기를 나누었던 것은 실현될 수 있을 듯하군요. 에드먼드 님, 콘월 공작한테 가서 군대를 소집하고 지휘해 주세요. 나는 남편 대신 칼과 창을 쥐겠어요. 남편이 가사일을 하도록 하고요. (오스왈드를 가리키며) 그리고 이 시종이 우리의 연락책이 될 거예요. 만일 당신이 출세하고 싶다면, 당신 연인의 말을 들으세요. 그리고 이걸 몸에 지니세요. (반지를 건네주며 키스한다) 이 키스가 당신의 용기를 북돋워 줄 거예요. 내 말을 깊이 명심하도록 하세요.

에드먼드 당신을 위해서라면 이 목숨도 바치리다.

고네릴 아아, 나의 사랑 에드먼드! (에드먼드 퇴장) 같은 남자라도 어쩌면 저렇게 다를 수가 있단 말인가! 당신에게 몸과 마음을 다 바치고 싶은데, 우리 집 얼간이가 내 몸을 가로채고 있군요.

고네릴　전에는 제가 오면 최소한 아는 척은 했잖아요.

알바니　오 고네릴, 당신은 바람이 세게 부는 날 얼굴에 붙은 먼지보다 못한 사람이오. 자기를 낳아준 부모를 멸시하는 인간이 제 본분을 지킬 리가 있겠소? 자기를 길러 준 줄기에서 그 가지인 제 몸을 도려내는 그러한 여자는 결국 시들어서 땔감밖에 쓸 데가 없을 거요.

고네릴　듣기 싫어요! 잠꼬대 같은 소리는 작작해요.

알바니　악한 여자에게는 지혜롭고 선한 가르침도 악하게만 들릴 거요. 더러운 것들이 더러운 맛밖에는 모르는 것처럼. 도대체 당신들은 미친 호랑이가 되어 무슨 짓을 한 거요? 인자하신 노인을, 자신을 낳아 주신 아버지를 미친 사람으로 만들다니. 목을 매여 끌려다니는 곰도 길거리에서 만나면 반가워 손을 핥고 싶어할 인자하신 노인에게 무슨 행패를 부린 거요? 당신이 그분을 미치게 했소. 설령 콘월 공작이 그런 짓을 해도 말렸어야 할 당신이 오히려 장단을 맞추다니! 국왕의 가장 큰 은혜를 입은 자가 극악무도한 짓을 저지르고 말았소. 오, 신이시여! 이러한 악행을 묵과하신다면 인간들은 깊은 바다의 괴물들처럼 서로 잡아먹는 야수가 될 것입니다.

고네릴　당신은 허깨비예요! 당신이야말로 뺨은 맞기 위해서 가지고 다니고, 머리는 모욕을 당하기 위해서 달고 다니는군요. 눈이 있어도 명예와 치욕을 분간 못하는 사람이 바로 당신이죠. 악당이 악을 저지르기 전에 벌받는 것을 보고 측은하게 여기는 것은 숙맥뿐이랍니다. 당신의 북은 어디 있죠? 프랑스 왕이 깃발을 날리며 쳐들어오는데, 당신은 성인군자인 척 설교나 하고 있을 건가요?

알바니 악마야, 네 꼴을 보아라! 악마의 모습이야 원래 흉측하지만 여자의 탈을 쓰니 더 끔찍해 보이는구나.

고네릴 멍청이 바보!

알바니 여자로 둔갑해서 본래 모습을 숨기고 있는 이 악마야, 부끄러움을 알거든 네 낯짝을 드러내지 말라! 만약 격정에 못이겨 이 두 손을 움직이는 날엔 네 살과 뼈를 갈가리 찢어발기겠다만, 계집의 탈을 쓰고 있으니 목숨만은 건진 줄 알아라.

고네릴 흥, 정말 용기 한번 가상하구려!

🎵 리건의 사신 등장

알바니 무슨 일이냐?

사신 아, 콘월 공작님께서 돌아가셨습니다. 글로스터 백작님의 한쪽 눈을 도려내려다 그것을 말리는 시종의 칼에 맞아 돌아가셨습니다.

알바니 글로스터 백작의 눈을?

사신 공작님이 지나치게 일을 처리하시자 어렸을 때부터 곁에서 시중을 하던 시종이 말리다 그만 칼을 빼어 들고 치명상을 입힌 겁니다. 노한 공작님과 결전을 벌이다 시종은 숨이 끊어졌지만 공작님도 깊은 상처를 입고 그만 죽음의 길을 걷게 되었습니다.

알바니 하늘도 무심치 않다는 증거구나. 요즘은 하늘도 속전속결로 해결을 하시지. 아, 불쌍한 글로스터, 한쪽 눈을 잃었다니!

사신 양쪽 다 잃으셨습니다. 이건 마님 동생분께서 보내신 편지로 즉시 답장을 주십사 하고 말씀하셨습니다.

고네릴 (방백) 생각하기에 따라선 안된 일도 아니야. 하지만 동생이 과부가 되면 나의 에드먼드를 빼앗기게 될지도 모르지. 그럼 꿈에 그리던 생각은 공중누각에 불과하겠지. 한편으론 그리 씁쓸한 소식만은 아니야. (사신에게 큰소리로) 좀 읽고 난 뒤에 답장을 주겠소. (퇴장)

알바니 그들이 글로스터의 눈을 도려낼 때 그의 아들은 어디 있었지?

사신 마님을 모시고 이곳으로 오셨습니다.

알바니 난 보지 못했는데.

사신 예, 돌아가시는 걸 제가 보았습니다.

알바니 그럼 아들은 이 잔혹한 행태를 알고 있는가?

사신   알고 있는 정도가 아닙니다, 공작 각하. 밀고한 사람이 바로 그 아들인 걸요. 그래서 아버지에게 마음껏 형벌을 주라는 의도로 자리를 비켜 주었답니다.

알바니   살아생전 국왕에게 극진했던 글로스터여, 내가 당신의 복수를 반드시 하리다. (사신에게) 자, 자네가 알고 있는 것을 낱낱이 말해 주게. (두 사람 퇴장)

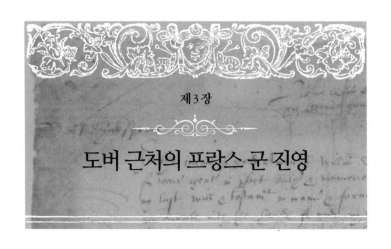

제3장

도버 근처의 프랑스 군 진영

🦢 켄트와 신사 한 사람 등장

켄트 프랑스 왕이 왜 귀국했는지 아시오?

신사 국가의 중대 사건을 해결하지 못하고 출정했는데, 갑자기
본국에서 연락이 와서 말의 고삐를 돌리셨습니다.

켄트 왕 대신 지휘할 분이 누구시오?

신사 육군 원수이신 라파 각하이십니다.

켄트 그 편지를 보시고 왕비님께서 슬픔에 잠기시던가요?

신사 네, 왕비님께서는 그 편지를 읽으시며 하염없이 우셨습니다. 왕비님께서는 품위를 유지하려고 슬픔을 억누르셨지만 눈물이 반역자처럼 주르륵 흘러내렸습니다.

켄트 편지에 마음이 움직이셨다는 얘기로군요.

신사 심사를 그리 심하게 드러내시지는 않았습니다. 인내와 슬픔이 서로 힘겨루기를 하는 듯했습니다. 햇볕이 내리쬐는 가운데 비가 오는 것처럼 말입니다. 왕비님의 무르녹는 듯한 입술에 잔잔히 감도는 아름다운 미소는 두 눈에 어떤 손님이 왔는지 아랑곳하지 않았습니다. 마치 다이아몬드에서 진주가 뚝뚝 떨어지듯 눈에서 눈물이 뚝뚝 떨어져 내리는 모습이란! 오, 슬픔이야말로 진실로 아름다운 것으로 보였습니다.

켄트 왕비님께서 아무 말씀도 안 하셨나요?

신사 실은 한두 번 있었습니다. 비통하게 "아버님" 하고 부르짖으셨습니다. 그리고 흐느끼면서 "언니들, 언니들! 여자의 수치예요! 언니들! 켄트! 아버님! 언니들! 아, 폭풍우 속을? 한밤중에? 이 세상엔 자비심이란 없단 말인가!" 하시며 별 같은 눈에서 성스러운 눈물을 떨어뜨리면서 진정하시기 위해 안으로 들어가셨습니다.

켄트 별들아, 하늘의 별들아, 우리 인간의 성품을 너희들이 지배하지 않는다면, 어떻게 한 배에서 그렇게 다른 자식이 나오겠는가! 그 후에는 다른 말씀을 안 하셨소?

신사 예.

켄트 그건 프랑스 왕이 귀국하기 전 일이오?

신사 아뇨. 그 후의 일입니다.

켄트 불쌍하고 비참한 리어왕께선 지금 이 고을에 계십니다. 이
따금 정신이 드실 때에는 우리의 처지를 걱정하시지만, 코델
리아 왕비님을 만나는 일은 한사코 거절하시고 계십니다.

신사 왜 그러실까요?

켄트 부끄러움이 왕의 마음을 억누르기 때문이겠죠. 당신의 현
명치 못한 처사로 왕비에게 주어야 할 권리를 개만도 못한
다른 딸들에게 준 자책이 독사의 혓바닥처럼 마음을 찔러서
차마 코델리아 왕비를 볼 수가 없을 것입니다.

신사 아, 불쌍한 분!

켄트 알바니와 콘월의 군사에 대해서는 소식을 듣지 못했소?

신사 이미 출동했다고 합니다.

켄트 그럼 폐하께 안내해 드릴 테니 잠깐 곁에 있어 주시오. 나
는 중요한 일이 있어서 잠시 자리를 비운답니다. 훗날 내 이
름을 밝힐 때가 오면 당신이 날 알게 된 걸 후회하지 않을 것
입니다. 자, 나와 같이 가십시다. (두 사람 퇴장)

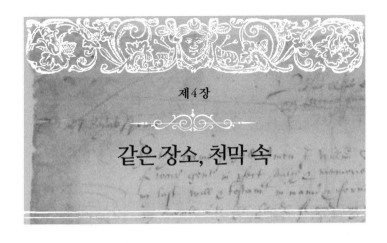

제4장

같은 장소, 천막 속

🎐 북소리, 기수들과 함께 코델리아 등장. 의사와 군사들이 뒤
  따른다.

코델리아 바로 그분이 저의 아버님이세요. 지금 아버님은 거친
      바다처럼 노래를 부르며, 머리에는 잡초로 만든 관을 쓰고
      계시다고 해요. 글쎄, 우엉, 독삼, 가시덤불과 깜부기, 냉이 등
      온갖 잡초를 엮어 만든 관을 쓰고 방황하고 계시다고 해요.

어서 수색대를 파견해 잡초가 우거진 들판을 구석구석 뒤져 아버님을 찾아 모시고 오세요. (장교 한 명 퇴장) 사람의 지혜를 다 짜면 아버님의 흐트러진 이성을 되찾을 수 있을까? 아버님의 병을 고치는 사람에게는 내가 가지고 있는 것을 모두 다 주겠소.

의사 방법은 있습니다. 사람의 생명을 지탱해 주는 것은 오로지 충분한 수면입니다. 폐하께서는 지금 그것이 부족합니다. 다행히 마음이 아픈 사람의 눈을 스르르 감겨 주는 효과 만능의 약초는 얼마든지 있습니다.

코델리아 고마운 이 땅의 비약들이여, 이 땅에 숨겨진 모든 약초들이여! 내 눈물을 먹고 돋아나거라! 그래서 착한 우리 아버지의 병을 고치는 데 도움이 되어라. 찾아와요, 빨리 찾아와요. 아버님을 저대로 방치하면 끝내 목숨을 잃을지도 몰라요.

🦚 사자 등장

사자 왕비 마마, 영국 군대가 진격해 오고 있다는 소식입니다.

코델리아 이미 알고 있소. 그들을 맞을 태세는 준비되어 있소. 오, 가여운 아버님, 이 전쟁은 오로지 아버님을 위해서 치르는 것입니다. 위대하신 프랑스 왕인 제 남편은 제가 울며 애

원하자 그들을 응징하려 선전포고를 했습니다. 우리가 군사를 움직이는 것은 다른 야심이 있어서 그런 것이 아닙니다. 다만 자식으로서 아버님께 대권을 찾아드리기 위해서입니다. 오, 어서 빨리 아버님을 뵙고 싶구나. (일동 퇴장)

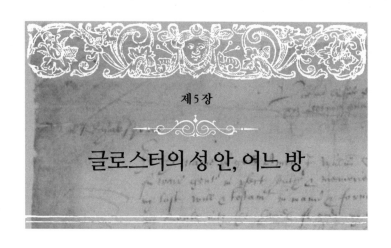

제5장

글로스터의 성 안, 어느 방

🌱 리건과 오스왈드 등장

리건 알바니 공작의 군대도 출정했느냐?

오스왈드 예.

리건 공작께서도?

오스왈드 권유에 못 이겨 출정했습니다만 언니께서 더 적극적이
시죠.

리건 집에서 에드먼드 백작과 네 주인 나리께서 서로 말씀을 나
누셨느냐?

오스왈드 아뇨.

리건 언니가 무슨 일로 그에게 편지를 보냈을까?

오스왈드 저는 모릅니다.

리건 어쨌든 그는 중대한 일로 길을 떠났느니라. 눈을 멀게 한
글로스터를 살려 둔 건 큰 실수였어.

리건 글로스터가 가는 곳마다 민심을 교란시켜 사람들이 우리
에게 반기를 들고 있다. 그래서 에드먼드는 부친의 눈먼 인생
을 끝장내려고 떠난 것 같아. 또한 적의 정세를 살필 생각이
겠지.

오스왈드 그렇다면 이 편지를 갖고 그분의 뒤를 쫓아야겠군요.

리건 우리 군대도 내일 출정하니 우리와 같이 행동하거라. 길도
위험하느니라.

오스왈드 그럴 순 없습니다. 마님의 엄한 명을 받들어야 합니다.

리건 언니가 무슨 일로 에드먼드에게 편지를 썼을까? 너에게 직
접 용건을 전하지 않았단 말이지? 내가 모르는 무슨 사연이
있나 보군. 내, 사례는 충분히 할 테니 편지 내용 좀 보자.

오스왈드 마님, 그것은 좀…….

리건 언니는 형부를 사랑하지 않아. 지난번 여기에 왔을 때에도
언니가 에드먼드 공에게 이상한 추파를 던지면서 의미심장

한 표정을 짓는 걸 보았느니라. 물론 네가 언니의 심복이라
는 것은 잘 알고 있다.

오스왈드 제가요, 마님?

리건 다 알고 하는 말이야. 그러니 내 말을 명심하거라. 내 남편
은 세상을 떠났다. 그리고 에드먼드 님과 나는 서로 언약이
되어 있는 사이야. 따라서 그분은 언니하고 결혼하는 것보다
는 나와 결혼하는 것이 훨씬 더 마음이 편할 거다. 더 이상
얘기하지 않아도 짐작할 수 있겠지. 그분을 만나게 되면 이
것을 전하거라. (반지를 건넨다) 언니에게도 이런 사정을 얘기
한 다음, 현명한 판단을 내리라고 전해. 잘 가거라. 눈먼 반역
자가 있는 곳을 누구든 찾아내 목을 베어 온다면 출세하게
될 거다.

오스왈드 그 늙은이를 만나고 싶군요. 그러면 제가 어느 편인가
를 확실히 보여 드릴 수 있을 테니까요.

리건 잘 가거라. (두 사람 퇴장)

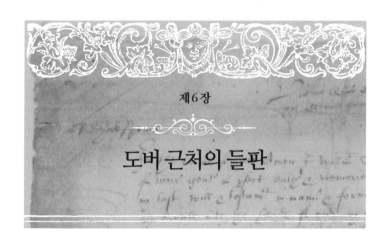

제6장

도버 근처의 들판

🎵 글로스터와 농부 차림의 에드가 등장. 에드가가 글로스터를
이끌고 있다.

글로스터　절벽 꼭대기에는 언제면 다다르냐?

에드가　지금 오르는 중입니다. 보세요, 정말 길이 험하잖아요?

글로스터　아니, 편평한 것 같은데.

에드가　얼마나 가파른 길인데요. 들어보세요, 파도 소리가 들리시죠?

글로스터 아니, 전혀 안 들리는데. 너 거짓말 하는 거지?

에드가 거짓말이라뇨? 눈이 멀어 다른 감각마저도 둔해졌나 봐요.

글로스터 하긴 그럴지도 모르지. 그런데 네 목소리가 변한 것 같구나. 전보다 말하는 품도 훨씬 나아졌고, 조리 있게 하는 것 같고.

에드가 잘못 느끼신 거예요. 변한 것이라곤 걸친 옷뿐입니다.

글로스터 아냐. 말투가 많이 달라졌어.

에드가 자, 다 왔습니다. 가만히 서 계세요. 밑을 내려다보면 눈알이 핑핑 돌 정도로 어지러울 테니까요! 절벽 중간쯤을 날아다니는 까마귀가 딱정벌레보다 작아 보이는군요. 절벽에 매달려 바다풀을 따는 사람도 있고요. 정말 위험한 돈벌이네요. 예서 보니 그자의 몸집이 머리통만 해 보입니다. 해변을 걷는 어부는 생쥐처럼 보이고, 저 멀리 닻을 내린 커다란 배는 쪽배처럼 보이고, 쪽배는 부표처럼 작아져 눈에 잘 보이지도 않아요. 헤아릴 수 없이 많은 조약돌에 부딪히는 파도 소리는 여기서는 전혀 들려오지 않네요. 이제 그만 봐야겠어요. 저야말로 떨어지면 큰일이니까요.

글로스터 네가 서 있는 곳에 나를 데려다 다오.

에드가 손을 이리 주세요. 한 발자국만 옮기면 바로 벼랑 끝입니다. 이 세상을 다 준다 해도 저는 여기서 뛰어내릴 수는 없어요.

글로스터 이 손을 놔라. 자, 너한테 내 지갑을 주겠다. 그 속에는 거지가 감당하기 힘든 만큼의 보석이 들어 있다. 요정들과 신들의 도움으로 네가 부자 되기를 바란다! 자, 내게서 멀리 떨어져 있어라. 내게 작별 인사를 한 뒤 네가 떠나가는 발자 국 소리를 들려다오.

에드가 그러면 영감님, 안녕히 계십쇼.

글로스터 그래, 고맙다.

에드가 (방백) 아버님의 절망을 이토록 우롱하는 것도 아버님을 구해 드리려는 마음에서야.

글로스터 (무릎을 꿇고) 위대하신 신이시여! 이제 저는 전능하신 당신 앞에서 이 벅찬 번뇌에 찬 삶을 떨쳐내려고 합니다. 비록 제가 이 고통을 더 견뎌 내고 신들의 거역할 수 없는 뜻에 따른다 해도 이 몸은 언젠가는 타다 남은 양초의 심지처럼 저절로 타고 말 것입니다. 만일 에드가가 살아 있다면 그에게 축복을 내려주소서! 자, 너는 그만 잘 가거라.

에드가 저는 멀리 왔습니다. 그럼 안녕히 가십시오. (글로스터 앞으로 고꾸라진다) 인간이 제 목숨을 간절히 끊고 싶어하면 정말 귀중한 목숨을 잃을 수도 있다. 아버님도 정말로 여기가 당신이 생각하시는 그 장소라고 믿고 계시다면 의식을 잃으셨을지도 몰라. 혹시 살아 계신가, 아니면 돌아가셨나? (목소리를 바꾸어서 옆으로 다가가) 여보세요, 노인장! 내 말 안 들리세요! 말 좀 해보세요! (방백) 진짜 이대로 돌아가시나 보다. 앗! 깨어나신다. 당신은 누구시오?

글로스터　저리 가. 나를 죽게 내버려 둬.

에드가　당신은 거미줄이오, 새털이오, 공기요? 그렇지 않다면야 그 수십 미터 절벽 아래로 떨어졌으니 달걀처럼 산산조각이 나야 하는 것 아니오? 그런데 아직도 숨을 쉬고 몸도 끄떡없고 피도 나지 않고 말도 하는군요. 당신은 돛대 열 개를 이어도 모자랄 만큼 높은 곳에서 뛰어내렸는데 기적적으로 이렇게 살아 있소. 자, 말을 해보시오.

글로스터　내가 떨어진 것 맞소?

에드가　물론 떨어졌소. 저 무시무시한 절벽 꼭대기에서 굴러 떨어졌소. 날카로운 소리로 우는 종달새 소리도 너무 멀어 들리지 않는 곳에서 말이오. 아무튼 위를 한번 쳐다보오.

글로스터　아, 슬프게도 나는 눈이 없어. 불행한 자는 스스로 고통스런 목숨을 끊는 혜택조차 받을 수 없단 말인가? 자살로 폭군의 분노를 비웃어 그의 오만한 뜻을 꺾을 수 있었던 때는 큰 위안이었거늘.

에드가　당신 손을 이리 주시오. 자, 일어나세요. 다리는 괜찮소? 혼자서 걸을 수 있겠소?

글로스터　물론, 설 수 있소. 너무 멀쩡하군.

에드가　정말 기적이오. 절벽 꼭대기까지 데려다 준 자가 누구였소?

글로스터 신세가 처참한 불행한 거지였소.

에드가 여기 아래에서 올려다보니, 그놈은 코가 수천 개나 되고 이마엔 뿔이 여러 개 달려 있어 꼭 성난 바다처럼 물결치고 있었소. 그야말로 악마처럼 보였소. 매사에 공평하신 하느님께서 당신을 구한 것 같소.

글로스터 이제야 정신이 드는 것 같군. 이제부터는 고통이 아우성치다 제풀에 꺾여 사라질 때까지 참고 견디겠소. 나는 그놈이 사람인 줄 알았는데, 이따금 '악마'라고 지껄인 것도 같소. 그놈이 나를 저기까지 데려다 준 거요.

에드가 이제 걱정하지 말고 마음을 차분히 가라앉히시오. 그런데 저기 누가 오고 있군.

🌿 들꽃으로 괴상하게 치장한 리어왕 등장

에드가 제정신이라면 저런 모습을 하고 있을 리가 없어.

리어왕 그래, 내가 가짜 돈을 만들었다고 해서 그놈들이 내게 손댈 수는 없어. 내가 바로 국왕이니까.

에드가 아, 저 모습을 보니 가슴이 찢어질 것 같구나!

리어왕 그 점에서는 인공보다는 자연이 낫지. 자, 선불이다. 오,

저놈의 활 솜씨는 엉망이군. 팔을 당겨 보란 말야. 저런, 저 생쥐 좀 봐! 쉿, 치즈 조각 하나면 충분해. 도전을 받아라. 거인과 싸워서라도 내 솜씨를 보여주마. 갈색 창을 가진 무사들아, 나와라. 아, 새처럼 잘도 나는구나. 맞았다, 맞았어. 후훗! 암호를 말하라.

에드가 박하꽃.

리어왕 통과.

글로스터 저건 귀에 익은 목소린데.

리어왕 (글로스터를 보고) 핫, 흰 수염이 난 고네릴이구나! 저것들은 나한테 알랑거리면서 내게 수염도 나기 전에 흰 수염이 난 늙은이처럼 지혜롭다고 했지. 내가 하는 말에는 무턱대고 맞장구치면서 말야. '네', '아니오'라며 맞장구치는 건 하늘을 우러른 진심이 아니었어. 하지만 폭풍우가 몰아치던 날 나는 그년들의 정체를 알았어. 낌새를 알아차렸지. 저들은 못 믿을 인간들이야. 그들은 날 만물박사라고 했지만 새빨간 거짓말이었어. 나는 오한도 못 견뎌.

글로스터 저 말을 똑똑히 기억한다. 오, 폐하가 아니십니까?

리어왕 그래. 난 틀림없는 왕이다. 내가 눈을 내리뜨면 신하들은 벌벌 떨었어. 나는 네놈의 목숨만은 살려 주겠다. 네 죄목은 뭐냐? 간통을 했느냐? 죽이지는 않겠다. 간통 정도로 죽일 수는 없지! 없고말고. 굴뚝새도 그렇고, 쉬파리도 그렇고. 그것들은 왕인 내 앞에서도 흘레를 하지. 하고 싶으면 실컷 하게 내버려 둬! 글로스터의 서자 에드먼드는 정당한 부부 관계로 난 내 딸들보다 훨씬 낫지 않느냐. 음란한 짓을 마음껏 해라. 병사가 부족하니까. 얼굴 가득 웃음기를 띤 부인을 보아라. 두 가랑이 사이에 있는 아랫도리도 눈처럼 깨끗하다는 표정을 짓고, 정숙한 척하지만 사실은 암내 피우는 고양이나 종마들도 그 색정에 당하지 못할 것이다. 그들은 허리 위는 여자지만 허리 아래는 짐승이다. 허리까지는 신들의 힘이 미치지만 허리 아래는 악마의 소유물이다. 그곳은 지옥이요, 암흑이요, 유황이 지글지글 타고 있는 구렁텅이다. 불길이 타오르며 부글부글 끓어올라서 악취가 코를 찌르며 썩고 있지. 더러워, 더러워! 퉤퉤! 약제사, 사향 30그램만 갖고 오너라. 냄새를 지워야겠다. 속이 메스껍구나. 돈 여기 있다.

글로스터 제발 그 손에 입을 맞출 수 있는 영광을 주소서!

리어왕 우선 손부터 씻어야겠어. 송장 냄새가 나니까.

글로스터 아, 부서지는 자연의 한 조각이여! 이 거대한 세상도 닳아서 없어지겠지. 폐하, 저를 아시겠습니까?

리어왕 자네 눈동자를 기억하고 있지. 곁눈질로 나를 흘겨보아라, 눈먼 큐피드! 나는 상사병엔 걸리지 않을 테니. 이 결투장을 읽어 봐, 문장을 눈여겨보아야 해.

글로스터 글자 하나하나가 태양이라 할지라도 저는 볼 수 없습니다.

에드가   (방백) 얘기로 들었다면 도저히 믿지 않았을 것이다. 그러나 가슴이 터질 듯한 사실 아닌가.

리어왕   읽어라.

글로스터   아니, 눈알도 없는 눈꺼풀만으로요?

리어왕   어헛! 정말 그렇단 말이지? 얼굴에는 눈이 없고, 지갑에는 돈이 없다는 말이구나. 눈은 눈꺼풀 속에 깊이 파묻혔고, 주머니는 빈털털이로군. 그래도 세상 돌아가는 낌새는 알 수 있겠지.

글로스터   느낌으로 압니다.

리어왕   그럼 넌 미치광이냐? 사람은 눈이 없어도 세상 돌아가는 일쯤은 볼 수 있는 법이야. 귀로 세상을 들어봐. 저기 있는 재판관이 천한 신분의 도둑놈을 야단치는 걸 귀로 들어보게나. 누가 도둑이고 누가 재판관인가? 농부의 개가 거지를 보고 짖어 대는 것을 본 일이 있으렷다.

글로스터   네, 있습니다.

리어왕   그런데 거지는 개에게 쫓겨 달아났단 말이다. 거기에 권력의 위대함이 있는 거다. 하찮은 개라고 해도 권력만 있으면 사람을 복종시킬 수도 있다고. 이 썩어빠진 경찰놈아, 그 잔인한 손을 멈춰라! 왜 그 창녀에게 매질을 하느냐? 네놈의 등이나 후려치지 않고. 네놈은 저 계집이 매음했다고 때리고 있지만, 사실은 저 계집과 간음하고 싶어 안달하지 않느냐. 고리대금업자가 사기꾼을 교수형에 처한다지? 누더기를 걸치고 있으면 크나큰 악덕이 옷 틈새로 보이지만 법복이나 털가죽 외투를 입고 있으면 모든 것이 다 감춰져. 죄악에 황금의 투구를 입히면 날카로운 법률의 창도 상처는커녕 오히려 부러지고 말지. 그러나 죄악을 누더기로 싸놓으면 난장의 지푸라기도 그것을 꿰뚫을 수 있어. 이 세상에 죄 지은 사람은 없어. 아무도 없어. 내가 보증하지. 내 말을 믿게. 나는 고소인의 입을 틀어막을 수 있거든. 유리눈이라도 해 박을 수 있지. 그리하여 천박한 모사꾼처럼 보이지 않는 것도 보이는 것처럼 해 봐. 이 장화를 이제 벗겨 다오. 좀 더 세게, 그렇지.

에드가 (방백) 광기 속에서도 지혜로움이 번뜩이는구나!

리어왕 나의 이 불행을 그대가 슬퍼해 준다면 내 눈을 주겠다. 나는 그대를 잘 알아. 이름이 글로스터지? 우린 참아야 해. 우리 모두 울면서 세상에 태어났잖아. 우리들이 처음으로 이 세상 공기를 마시면서 응애응애 하며 운다는 걸 알 거야. 자, 내 얘기 좀 들어봐.

글로스터 아아, 슬픈 일이로다!

리어왕 우리가 그토록 첫울음을 우는 것은 이 거대한 바보들의 무대에 나온 것을 깨달았기 때문이야. 이 모자 꼴은 좋군! 이 모자와 천으로 기마대 말들의 발을 싸서 소리 나지 않게 하는 거야. 그리고 몰래 숨어들어 그 사위놈들을 죽이는 거지. 죽여, 죽여, 죽이라고!

🍂 여러 명의 시종들과 함께 신사 등장

신사　아, 여기 계시는군. 왕을 부축해. 폐하, 폐하의 따님인 사랑스런 공주님께서…….

리어왕　도망갈 길은 없는가! 뭐라고? 포로가 됐다고? 운명의 여신한테 농락당하는 장난감이로구나. 함부로 다루지 마라. 보상금을 줄 테니까. 머리에 깊은 상처를 입은 것 같구나. 의사를 불러라.

신사　무엇이든 분부대로 하겠습니다.

리어왕　구원군이 없다고? 나 혼자뿐이라고? 이렇게 되면 아무리 용감한 대장이라 해도 쓰라린 눈물을 흘리게 되지. 따라서 두 눈은 물 뿌리는 물뿌리개에 불과해. 가을날 먼지가 일지 않도록. 나는 떳떳하게 죽을 것이다, 새신랑처럼. 이봐! 나는 유쾌하게 하고 싶은 거야. 자자, 내가 왕이라는 걸 네놈들은 알고 있겠지?

신사　폐하께서는 왕이십니다. 저희들은 명령에 복종할 따름이고요.

리어왕 그렇다면 나는 아직도 희망이 있어. 붙잡으려거든 어서 날 잡아 봐. 자, 어서 붙잡아 봐. (리어왕이 뛰어나가자 시종들이 뒤를 따른다)

신사 하찮은 종놈도 저렇게 되면 몹시 불쌍한 법이거늘 국왕께서 저 모양이 되셨으니 비통함이야 이루 말할 수 없구나! 그래도 폐하께는 막내따님 한 분이 계셔서 참다운 인간으로 되돌아올 수 있겠지.

에드가 아, 안녕하십니까?

신사 안녕하시오.

에드가 혹시 전쟁이 일어났다는 소문은 듣지 못하셨습니까?

신사 그건 누구나 아는 일이 아닙니까? 귀머거리가 아니면 누구나 다 그 소문을 들었을 거요.

에드가 그건 그렇고, 미안하오만 적군은 어디까지 진군해 왔습니까?

신사 가까이까지 와 있소. 파죽지세로 진격해 오고 있으니, 머잖아 주력 부대도 보이겠지요.

에드가 고맙습니다.

신사 왕비께서는 여기 머물러 계시지만 군대는 진격하고 있소. (신사 퇴장. 글로스터 무릎 꿇고 기도 드린다.)

글로스터 언제나 자비로운 신이시여, 저의 목숨을 거두어 가소서. 당신이 뜻하시기 전에 스스로 죽을 마음을 갖지 못하도록 하소서!

에드가 아저씨, 훌륭한 기도를 드리는군요.

글로스터 이봐, 도대체 너는 누구냐?

에드가 저는 운명에 시달릴 대로 시달린 하찮은 몸이지요. 여러 가지 슬픔을 겪은 탓에 남의 불행에도 쉽게 동정심을 갖게 되었죠. 손을 주시지요. 쉴 만한 곳으로 모셔다 드리겠습니다.

글로스터 진심으로 고맙도다. 신이시여, 온갖 은총과 축복을 이 사람에게 내려주소서!

🐚 오스왈드 등장

오스왈드 현상금이 붙은 지명수배범이구나! 운수대통이군! 눈알 없는 네 머리통은 본래부터 내 출세를 위해 만들어졌나 보구나. 불행한 이 늙은 반역자야, 이제 결산할 때가 왔느니라. 자, 내 칼을 받아라. 네 목숨은 내 것이다.

글로스터 듣던 중 반가운 소리구나. 자, 힘껏 찔러라. (에드가, 이들 사이에 끼여든다)

오스왈드 겁대가리라곤 전혀 없는 촌놈아, 무엇 때문에 반역자를 편드는 거냐? 그자의 불행을 함께 맞고 싶진 않겠지. 자, 그자의 팔을 놓거라.

에드가　절대로 못 놓겠소.

오스왈드　이 촌놈아, 비키지 않으면 네가 죽는다.

에드가　마음씨 좋은 나리 양반, 가던 길이나 가시고, 이 가엾은 노인은 내버려 두시오. 내가 공갈 협박에 죽을 놈이면, 벌써 반 달 전에 뻗었을 겁니다. 이 노인 곁에 얼씬도 하지 마시오. 그렇지 않으면 나리 대갈통이 단단한가, 이 몸뚱이가 단단한가 시험해 볼 거요. 나는 흐리멍텅한 게 가장 싫소.

오스왈드　닥쳐라, 이 노예 놈아!

에드가　죽고 싶어 환장을 하셨구려. 자, 덤빌 테면 덤벼. 나리 앞니를 몽땅 뽑아 버릴 테요. 어서 찔러 보시오. (두 사람 싸운다. 에드가가 오스왈드를 때려눕힌다)

오스왈드　이 악당아, 내가 네놈 손에 죽다니. 내 지갑을 받고 제발 내 시체를 묻어 다오. 길거리에 놓여 까마귀밥이 되기는 싫다. 그리고 이 편지를 글로스터 백작인 에드먼드 님에게 전해 다오. 영국 진영에 있을 테니까 꼭 찾아내. 아, 생각지도 못한 놈에게 죽다니. (죽는다)

에드가　나는 네놈을 잘 알고 있지. 악한 일에 앞장서던 놈, 네 주인의 악행에 빠짐없이 참여하던 놈이었지.

글로스터　그놈이 죽었느냐?

에드가　아저씨는 좀 쉬고 계세요. 이놈이 부탁한 편지가 우리에게 도움이 될지도 모르니까 뜯어봐야겠어요. 다만 이놈이 사형집행인의 손에 죽지 못하게 한 게 좀 억울하군요. 어디 보자. 봉투를 붙이는 밀랍이여, 나의 무례함을 용서해 다오. 적군의 심중을 알기 위해 죽이는 것에 비하면 그들의 편지쯤 찢는 건 문제도 아니지. (편지를 읽는다)

서로 맹세한 우리의 언약을 잊지 마세요. 그이를 죽일 기회는 얼마든지 많으실 거예요. 그이가 개선장군으로 돌아오는 날에는 저는 그의 포로가 되고 그의 잠자리는 저의 감옥이 되겠지요. 진절머리나는 그의 잠자리에서 저를 구출해 주세요. 수고하신 보답으로 그 잠자리를 당신께 드릴 테니까요.

당신을 남편으로 맞게 되기를 학수고대하는 당신의 애인.

고네릴

아, 여인의 색정은 끝이 없구나! 그 훌륭한 남편의 목숨을 빼앗고 그 자리에 내 동생을 앉히려고 하는 모략이구나. (오스왈드의 시체를 보면서) 자, 네놈을 모래 더미 속에 묻어 주마. 흉악한 간부 사이를 오가며 온통 더러운 심부름을 도맡아 해온 네놈을. 언젠가 시기가 되면 이 추잡한 편지를 공작에게 보여주어 깜짝 놀라게 해줘야겠다. 중간에 흉측한 계략을 알게 되어 공작을 위해서는 정말 다행이구나.

글로스터 폐하께서는 실성하셨는데 내 하찮은 목숨은 얼마나 모질기에 이렇게 엄청나게 큰 슬픔을 뼈저리게 느끼면서도 버티고 있단 말인가! 차라리 나도 미치는 게 훨씬 낫겠구나. 그렇게 되면 슬픔에 빠지지도 않을 것이고, 숱한 괴로움에 빠지지도 않을 텐데. (북소리가 울린다)

에드가 아저씨, 손을 주세요. 멀리서 북소리가 들리는군요. 자, 가시지요. 친절한 사람들에게 모셔다 드릴게요. (일동 퇴장)

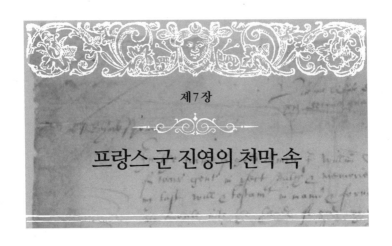

제7장

프랑스 군 진영의 천막 속

🌱 코델리아, 켄트, 시의, 시종 등장

코델리아　오, 착하신 켄트 백작님! 백작님의 은혜를 갚으려면 저
　　　는 얼마나 오래 살아야 할까요? 제 인생은 너무나 짧고 백작
　　　님의 은혜는 너무 깊어서 잴 수도 없군요.

켄트　그렇게 알아주시는 것만으로도 저는 이미 과분하게 받은
　　　셈입니다. 제 모든 보고는 전혀 과장되거나 축소되지가 않았

습니다.

코델리아 좀 더 나은 옷으로 갈아입으세요. 그 옷을 보니 제가 못 견디겠어요. 제발 벗으세요.

켄트 용서하십시오, 왕비님. 제 정체가 밝혀지면 모든 계획이 수포로 돌아갑니다. 때가 되어 제 정체를 드러내도 될 때까지 저를 모른 체해 주세요. 그것을 은혜로 생각하겠습니다.

코델리아 그럼 그렇게 하지요. (시의에게) 폐하께선 어떠세요?

시의 아직도 주무시고 계십니다.

코델리아 아아, 자비로운 신이시여, 아버님의 마음에 있는 커다란 상처를 고쳐 주소서. 불효 자식 때문에 불협화음을 내는 악기처럼 흐트러진 마음의 줄을 다시 쥘 수 있도록 도와주소서!

시의 깨우시는 것이 어떻겠습니까? 충분히 주무신 것 같습니다.

코델리아 시의의 판단에 따라 하도록 하시오. 그런데 폐하의 옷을 갈아입히셨소?

신사 네, 왕비님. 폐하께서 깊이 잠드셨을 때 새 옷으로 입혀 드렸습니다.

시의 왕비님, 폐하께서 잠에서 깨어날 때 옆에 계시기 바랍니다. 반드시 기분이 정상으로 돌아오실 겁니다.

🎵 리어왕, 침대에 잠든 채 시종에 의해 운반되어 등장. 음악이 깔린다.

시의 왕비님, 가까이 오십시오. 악기를 좀 더 크게 켜라.

코델리아 아, 사랑하는 아버님! 제 입술에 묘약이 묻어 있다면, 두 언니들한테서 받은 상처를 깨끗이 치료해 드릴 수 있을 텐데! (키스한다)

켄트 착하고 효성이 지극하신 왕비님!

코델리아 설사 친아버지가 아니더라도 저 흰머리를 보면 불쌍한 생각이 들지 않았을까! 어찌 이 얼굴이 그 사나운 비바람을 맞으셔야 했나요? 어찌 천지를 진동하는 그 무서운 천둥과 번개가 치는 벌판에서 그 소리를 들으셨나요? 목숨을 걸고 선 파수병처럼요. 이렇게 희고 엷은 맨머리를 투구처럼 쓰고 말예요! 자기를 물어뜯은 원수네 집 개라도 그런 밤에는 난로 곁에서 불을 쬐게 내버려 두었을 거예요. 그런데 불쌍한 아버님은 돼지나 부랑자들과 함께 오두막집 곰팡내 나는 지푸라기 속에서 주무셨다니! 오, 끔찍해라! 그래도 목숨과 정신을 잃지 않으신 것이 기적입니다. 잠이 깨셨으니, 말씀해 보세요.

시의 왕비님께서 말씀하시는 것이 좋겠습니다.

코델리아 폐하, 기분이 어떠십니까?

리어왕　무덤 속에서 나를 끌어내지 마라. 너는 천국의 축복받은 영혼이지만 나는 지옥의 바퀴에 결박당해 있어. 내 눈물은 납처럼 녹아 흘러 내 얼굴을 태우고 있단다.

코델리아　폐하, 저를 알아보시겠습니까?

리어왕　네가 누구긴, 망령이지. 나는 언제 죽었냐?

코델리아　아직 정신이 안 드셨구나!

시의　잠이 덜 깨신 것입니다. 잠시 혼자 계시도록 하시죠.

리어왕　지금 여기가 어디냐? 아름다운 햇살이구나. 나는 속임수에 빠져 있어. 딴사람이 나 같은 꼴을 겪는다면 나는 죽고 싶었을 거다. 뭐라고 말해야 할지 모르겠다. 이게 정말 내 손이냐? 어디 꼬집어 보자. 아얏! 내가 어떤 상태인지 알고 싶구나.

코델리아　아, 아버님, 저를 보세요. 저한테 손을 얹고 축복해 주세요. (코델리아가 무릎을 꿇자 리어왕도 같이 꿇는다) 아니, 안 돼요. 무릎을 꿇지 마세요.

리어왕　제발 부탁이니 나를 놀리지 마시오. 나는 지극히 못난 늙은이로 벌써 여든이 넘었다오. 솔직히 말하면 나는 제정신이 아닌가 보오. 당신과 여기 있는 이 사람들을 알 것도 같은데 확실치가 않구려. 무엇보다 여기가 어딘지 모르겠소. 그리고 아무리 생각해도 이 옷을 기억할 수도 없고, 어젯밤 어디서 잤는지도 모르겠소. 제발 이런 나를 비웃지 마시오. 만일 내가 살아 있는 게 확실하다면, 당신은 내 딸 코델리아인 것 같은데.

코델리아 그렇습니다, 아버지. 코델리아예요.

리어왕 눈물을 흘리고 있느냐? 그렇구나. 눈물을 흘리고 있구
나. 제발 울지 말거라. 네가 독약을 마시라면 난 기꺼이 마시
마. 네가 나를 사랑하지 않는다는 거 안다. 네 언니들이 나
를 학대했다는 것도 알고 있고. 그리고 네가 나를 미워할 만
한 이유가 충분하다는 것도 알고 있다.

코델리아 아뇨, 아버지를 미워할 이유 같은 건 없어요.

리어왕 여기가 프랑스냐?

켄트 폐하의 왕국에 계십니다.

리어왕 나를 속일 셈이구나.

시의 왕비마마, 이제 걱정을 놓으시지요. 보시다시피 정신착란
상태는 이제 진정되셨습니다. 하지만 지금이 가장 위험합니
다. 당장 과거처럼 정상적으로 돌아간다는 것은 무리입니다.
잠시 안으로 들어가서서 편안해질 때까지 혼자 쉬시도록 하
시는 게 나을 듯합니다.

코델리아 폐하, 안으로 드시지요.

리어왕 같이 들어가자. 제발 과거를 잊고 나를 용서하려무나. 난
어리석은 늙은이야. (켄트와 신사만 남고 모두 퇴장)

신사 콘월 공작이 살해되었다는 게 사실입니까?

켄트 그런가 보오.

신사 그럼 누가 공작의 부하들을 통솔하고 있습니까?

켄트 소문에는 글로스터 백작의 서자 에드먼드라고 하오.

신사 이것도 소문인데 추방된 그의 아들 에드가와 켄트 백작이 함께 있다고 하오.

켄트 소문이란 믿을 수 없지요. 지금은 적군이 급속도로 밀려오고 있는 전시 상황이니, 감시를 소홀히 해서는 안 됩니다.

신사 피비린내 나는 전쟁이 될 것 같소. 그럼 잘 가시오. (퇴장)

켄트 오늘 벌어지는 싸움의 승패에 따라서 내 생애의 목표가 달성되느냐 안 되느냐 판가름나는구나. (퇴장)

제 5 막

William Shakespeare

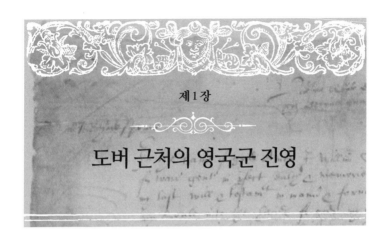

제1장

도버 근처의 영국군 진영

🎵 에드먼드, 리건, 부대장, 장교들, 그 밖에 병사들 등장

에드먼드 공작께 가서 예전대로 하실 것인지 아니면 변경이 된
  것은 없는지 알아보고 오너라. 공작께서 자격지심이 강해 변
  덕을 부리시는 일이 종종 있으니까. (부대장 퇴장)

리건 언니의 시종에게 뭔가 문제가 생겼나 봐요.

에드먼드 아무래도 그런 것 같군요.

리건　에드먼드, 내가 당신에게 호의를 갖고 있다는 걸 아시죠?
진심을 말해 주세요. 혹시 언니를 사랑하는 것은 아닌가요?

에드먼드　공경하는 마음이죠.

리건　그 뜻이 아니에요. 당신은 형부만 드나들 수 있는 금단의
처소에 들어가신 적이 있죠?

에드먼드　당치 않은 억측이십니다.

리건　당신과 언니가 이미 스스럼 없이 정을 나눈 사이가 아닌지
염려스러워요.

에드먼드　제 이름을 걸고 그런 일은 없습니다.

리건　그런 일이 있다면 언니라고 해도 내가 용서하지 않을 거예요.

에드먼드　그런 걱정은 마십시오. 저기 언니와 알바니 공작께서
오시는군요!

🎺 북과 군기를 앞세우고 알바니 공작, 그리고 병사들 등장

고네릴　(방백) 에드먼드와 내가 멀어질 바에야 전쟁에서 지는 게
나아.

알바니　처제, 잘 있었소? (에드먼드에게) 국왕께서는 막내딸한테
로 가면서 도처에 불만을 품은 세력들과 합세했다고 하오.
나는 정의의 싸움이 아니면 싸우지 않을 텐데, 이번 전쟁은

어디까지나 프랑스 왕이 전쟁 선포를 해와 응전하는 것뿐이
오. 물론 국왕과 시종들에겐 충분히 싸울 만한 전쟁이긴 하
지만 말이오.

에드먼드 훌륭하신 말씀이군요.

리건 그런 걸 따져서 뭐 하겠어요.

고네릴 맞아요. 힘을 모아 적을 무찔러야죠. 불만은 접어 두고요.

알바니 그럼 노련한 장군들과 작전을 짜야겠소.

에드먼드 저도 즉시 공작님의 막사로 가겠습니다.

리건 언니, 우리와 함께 가시는 거죠?

고네릴 아니.

리건 함께 가요.

고네릴 (방백) 흥, 그 이유를 모를 줄 알고? (리건에게) 그래, 가자
꾸나.

🐚 그들이 밖으로 나가려 하는데 변장한 에드가 등장

에드가 공작님, 미천한 사람에게 잠시 시간을 내주십시오. 말씀
드릴 게 있습니다.

알바니 곧 뒤따라 갈 테니 먼저들 가시오. (알바니와 에드가만 남
고 모두 퇴장, 에드가에게) 말해 보라.

에드가 전쟁을 시작하기 전에 이 편지를 뜯어 보십시오. 만일 전쟁에서 승리를 거두시면 나팔을 불어 저를 불러 주십시오. 비록 몰골은 이렇지만 이 편지 속에 든 내용은 거짓이 아니라는 걸 이 칼로써 입증하겠습니다. 만일 공작님께서 전쟁에 패하시면 공작님의 운명도, 그리고 이 음모도 끝나겠지요. 행운을 빕니다!

알바니 아니다, 편지를 읽을 때까지 기다려라.

에드가 그건 안 됩니다. 때가 오거든 저를 불러 주십시오. 반드시 다시 공작님 앞에 대령하겠습니다.

알바니 그럼 잘 가거라. 네 편지를 읽어 보마. (에드가 퇴장)

🦻 에드먼드 다시 등장

에드먼드 적군이 바로 코앞까지 진격해 오고 있습니다. 명령을 내려 주십시오. 여기 적군의 병력과 장비에 대한 정보입니다. 하지만 사태가 시급하니 급히 서두르셔야 합니다.

알바니 알았다. 곧 출정하도록 하지. (퇴장)

에드먼드 두 자매에게 사랑을 맹세했는데, 누구를 내 것으로 만들어야 하나? 둘은 독사에 물린 사람이 독사를 경계하듯 서로를 경계하고 있지. 둘 다 만들어야 하나? 하나만? 둘 다 살아 있으면 어느 쪽도 내 것으로 만들 수가 없어. 과부를 택하면 언니인 고네릴이 미친 듯 화를 낼 테고, 그렇다고 그녀를 선택하면 남편이 버젓이 살아 있지 않은가. 그럼 그자의 명성과 수완을 이용한 다음 전쟁이 끝나면 그녀에게 감쪽같이 없애라고 해야겠다. 그자는 리어와 코델리아에게 자비를 베풀려고 하지만, 전쟁이 끝나면 우리 포로가 되겠지. 두 사람이 살아서 용서를 받지는 못할 거야. 자, 지금은 시비나 가릴게 아니라, 내 자신부터 방어해야 해. (퇴장)

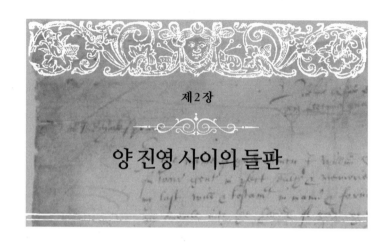

제2장

양 진영 사이의 들판

북과 군기를 앞세우고 리어왕, 코델리아, 병사들이 무대를 가로질러 퇴장한다. 에드가와 글로스터 등장

에드가 영감님, 여기 앉아 쉬면서 정의가 이기도록 기도하세요. 제가 돌아와 기쁘게 해드릴 테니까요!

글로스터 네게 신의 은총이 내리기를 비노라. (에드가 퇴장)

진군 나팔소리와 함께 에드가 다시 등장

에드가　영감님, 어서 달아나세요! 자, 손을 이리 주세요. 도망가
　　　셔야 해요. 리어왕이 패배해서 리어왕과 코델리아 공주님이
　　　잡혔어요. 자, 갑시다.

글로스터　더 이상 갈 수 없네. 난 여기서 죽겠네.

에드가　왜 그러세요, 인간의 생과 사는 마음대로 안 되는 것이
　　　니 참으세요. 때가 무르익어야 하죠. 자, 갑시다.

글로스터　그것도 맞는 말이군. (두 사람 퇴장)

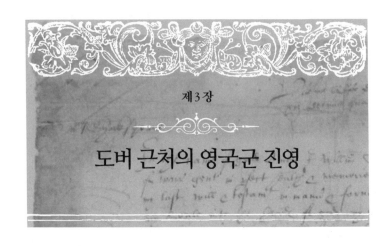

제3장

도버 근처의 영국군 진영

🐚 개선의 북소리와 함께 에드먼드와 포로인 리어왕, 코델리아가
　장교, 병사들과 함께 등장

에드먼드　장교들은 이 포로들을 끌고 가라. 상부의 지시가 있을
　　　　　때까지 이들을 엄격히 감시하는 것 명심하고.

코델리아　최선을 다하고도 최악의 사태를 맞는 것은 우리가 처
　　　　　음이 아닙니다. 학대를 받으신 아버님을 생각하면 기운이 빠

지지만 저 혼자라면 운명의 시련을 맞설 수 있답니다. 언니
들을 만나 보시겠어요?

리어왕 아니, 아니다! 자, 감옥으로 가자. 거기서 우리 둘이 새장
속의 새들처럼 노래를 부르며 살아 가자. 네가 나를 용서하
고 축복을 빌어 주면 나는 무릎을 꿇고 기도를 하겠다. 그곳
에서 노래하며 옛 이야기를 하고 궁중 소식을 전해 들으며
지내자꾸나. 이 세상 돌아가는 신비에 관해서 아는 척하며
지내자꾸나. 누가 세력을 얻고 누가 물러나는지 이야기하면
서 신의 정탐꾼처럼 얘기하면서 지내자꾸나. 나는 그렇게 늙
어가고 싶다. 비록 사면이 벽으로 둘러싸인 감옥에 있더라도
이렇게 세월을 보내다 보면, 인간의 흥망성쇠가 무상한 거품
처럼 지나가겠지.

에드먼드 포로들을 끌고 나가라!

리어왕 코델리아, 너 같은 희생양에 대해서는 신들도 스스로 향
을 피워 줄 것이다. 우리를 떼어 놓으려는 자는 하늘에서 횃
불을 가져와 여기를 불태워야 할 거야. 눈물을 닦아라. 우리
가 그자들 때문에 울어선 안 돼. 그들이 병에 걸려 썩어 문드
러지기 전에는 울지 마라. 자, 가자. (리어왕과 코델리아가 호위
를 받으며 퇴장)

에드먼드 부대장, 이리 가까이 오라. (쪽지를 주며) 이대로 포로를
쫓아가라. 나는 이미 너를 일 계급 승진시켰다. 만일 이 쪽

지에 지시된 대로 네가 실행한다면 넌 출세가도를 달릴 것이다. 사람은 시기를 좇아 살아야 한다는 것을 잊어서는 안돼. 인정 같은 건 칼을 찬 군인에겐 전혀 필요 없다는 걸 명심하고. 지금 어떻게 할 것인지 말하라. 명령대로 하겠느냐, 아니면 다른 방법으로 살든지, 둘 중의 하나만 답하라.

부대장 명령대로 따르겠습니다.

에드먼드 그럼 당장 실행에 옮겨라. 그리고 일이 끝나면 넌 탄탄대로를 걷게 될 거다. 당장 내 명령을 수행하도록.

부대장 전 짐수레나 끌고 귀리나 먹는 말 같은 존재가 아닙니다. 사람이 하는 일이라면 무엇이든 하겠습니다. (퇴장)

🎵 나팔 소리와 함께 알바니, 고네릴, 리건, 장교들과 병졸들 등장

알바니 백작은 오늘 용감한 혈통을 유감없이 보여주셨소. 물론 운도 따랐지만 말이오. 더욱이 이번 전쟁의 목적인 두 사람을 포로로 잡은 건 굉장한 수훈이오. 이제 그들에게 적당한 죄를 물어 우리가 편히 지낼 수 있도록 하시오.

에드먼드 실은 노왕을 적당한 곳에 유폐시켜 감시병을 붙여 두는 것이 적당하다고 생각합니다. 나이가 드신 데다 국왕이라는 칭호로 인해 백성들의 동정을 받을 수 있고, 따라서 병졸

들의 창끝이 우리를 향할 수도 있기 때문입니다. 프랑스 왕비도 같은 이유로 감금시켜 놓겠습니다. 두 사람은 내일이나 또는 그 이후에 공작님께서 재판을 하신다면 언제든지 출두하게끔 조처해 놓았습니다. 지금 우리는 피를 많이 흘렸고, 친구를 잃지 않은 사람이 아무도 없습니다. 아무리 정당한 전쟁일지라도 전투가 치열하고 부상이 심하다 보면 전쟁을 일으킨 사람을 저주하게 마련이죠. 코델리아와 그 부친의 문제는 장소와 시기를 가려 논하는 것이 좋을 줄 압니다.

알바니 미안한 얘기지만, 나는 이번 전쟁에서 백작을 형제로 여기지는 않았소이다. 그저 부하라고 생각했을 뿐이오.

리건 그렇게 말씀하시지 마세요. 그 자격은 제가 드렸으니까요. 이분은 제 군사를 지휘했을 뿐만 아니라, 제 지위와 신분을 위임을 받으셨습니다. 이토록 가까운 사이니 형제라 불러도 상관없을 겁니다.

고네릴 그렇게 흥분하지 마라. 네가 자격을 드리지 않아도 이분은 자기 자신의 가치로도 충분히 높은 곳에 올라갈 수 있는 분이니까.

리건 내가 권리를 줘서 최고 지휘자 반열에 서게 된 거예요.

고네릴 이분이 네 남편이라도 되면 그러한 지위에 오를 수 있겠지.

리건 엉뚱한 농담이 진담 되는 일이 많지요.

고네릴 이것 봐라! 눈이 삔 자에게 들은 헛말이겠지.

리건 언니, 지금 몸이 아파서 응수를 못하겠어. 그렇지만 않았어도 가만 있지 않았을 텐데. (에드먼드에게) 장군, 난 당신에게 군대와 포로와 재산을 모두 바칠 테니까 자유롭게 쓰세요. 뿐만 아니라 나 자신도 당신께 바칩니다. 이 세상을 증인으로 나는 여기서 당신을 내 군주요, 남편으로 모시겠어요.

고네릴 이 사람을 네 남편으로 모신다고?

알바니 고네릴, 당신에겐 이들을 제지시킬 아무 권한이 없소.

에드먼드 알바니 공에게도 없을걸요.

알바니 사생아 녀석, 내게 당연히 권리가 있느니라.

리건 (에드먼드에게) 북을 울려서 내 권리가 당신에게 이양된 사실을 어서 알리세요.

알바니 잠깐 기다려, 에드먼드. 난 너를 반역죄로 체포하겠다. 그리고 동시에 (고네릴을 가리키며) 금빛 독사도 체포하겠다. 처제, 이놈은 내 아내와 이미 약혼한 몸이오. 그러니 그 선언은 거두어야 할 거요. 정 결혼하고 싶으면 결투를 신청하라.

고네릴 정말 웃기는 일이군.

알바니 에드먼드, 어서 나팔을 불게 하라. (도전의 표시로 장갑을 땅에 내던진다) 내가 기꺼이 너와 싸워 네 흉악한 소행을 낱낱이 증명할 테다. 내가 말한 것을 증명하기 전까지는 아무것도 먹지 않을 테다.

리건 (고통스럽게) 아아, 괴로워!

고네릴 (방백) 네년이 아프지 않다면 독약도 믿을 수 없게?

에드먼드 자, 내 대답은 이거다! (장갑을 땅에 던진다) 날 반역자라고 입을 놀린 자가 누구냐? 그놈이야말로 거짓말쟁이 사기꾼이다. 나팔을 불어서 그놈을 불러내라. 감히 나를 대적하는 자가 당신이라 해도 나는 기필코 싸워서 내 진실과 명예를 지켜 보이겠다.

알바니 이봐, 전령!

에드먼드 (군대를 향해) 어이, 병사들!

알바니 네가 믿을 사람은 너 혼자밖에 없다. 네 병사들은 모두 내 녹을 받는 자들이니 내가 해산시켰다.

리건 더 이상 견딜 수가 없어!

알바니 고통이 심한가 보군. 처제를 내 막사로 데려가라. (리건, 부축을 받으며 퇴장)

전령 등장

알바니 (전령에게) 전령은 이리 오라. 이봐, 나팔을 불어라! 그리고 이것을 소리 높여 읽어라.

장교 나팔수, 나팔을 불어라. (나팔 소리)

전령 (읽는다) 아군 병사로서 글로스터 백작이라 자칭하는 에드먼드의 반역죄를 폭로할 자는 세 번째 나팔 소리가 울리면 즉시 출두하라. 그는 완강히 버티고 있다.

에드먼드 불어라. (첫 번째 나팔 소리)

전령 또 한 번 불어라. (두 번째 나팔 소리)

🍃 세 번째 나팔 소리에 나팔수를 앞세우고 무장한 에드가 등장. 투구를 써서 얼굴이 보이지 않는다.

알바니 왜 저자가 출두했는지 물어보아라.

전령 그대는 누구요? 이름은? 신분은? 왜 나팔 소리를 듣고 나왔소.

에드가 나는 이름을 잃었소. 반역자의 이빨에 물어뜯기고, 벌레에게 파먹혔기 때문이오. 하지만 내가 상대하고 싶은 자만큼 고귀한 신분이란 건 분명하오.

알바니 상대하고 싶은 자가 누구냐?

에드가 글로스터 백작이라 칭하는 에드먼드죠. 그자가 어디 있소?

에드먼드 내가 바로 네가 찾는 그 사람이다. 용건부터 말하라.

에드가 칼을 뽑아라. 내 말이 너의 비위에 거슬렸다면 칼을 가지고 정당하다는 걸 증명해 보아라. 자, 덤벼라! 이것이야말로 내 명예와 맹세, 신분을 되찾는 길이다. 네가 아무리 힘이 세고 높은 지위에 있다 해도, 그리고 행운의 여신이 너한테 늘 미소를 보낸다 해도 너는 반역자일 뿐이다. 너는 신과 형제와 부친을 속였고, 여기 계신 공작님의 목숨까지 노렸다. 머리끝부터 발끝까지 독반점투성이인 두꺼비 같은 놈아, 만일 네놈이 이것을 부정한다면 이 칼이 네놈의 가슴을 갈라 거짓말쟁이라는 사실을 증명해 보이겠다.

에드먼드 현명한 판단을 위해서 우선 네놈 이름을 물어야겠지만, 네놈 목소리와 태도를 보니 품위가 있어 보이는군. 따라서 굳이 기사도 규칙에 따라 서로 통성명을 하지 않은 채 네놈 도전에 응하겠다. 자, 덤벼라. 반역자의 오명을 네놈 머리에다 쏟아붓겠다. 지옥같이 가증한 거짓말을 네놈의 가슴에 올려놓고 짓뭉개 버리겠다. 이 칼로 네 심장을 찔러 오명을 그곳에 영원히 새겨 두겠다. 나팔을 불어라! (나팔 소리가 울리고 둘이 싸우다가 에드먼드가 쓰러진다)

알바니 죽이면 안 돼.

고네릴 이건 음모예요. 에드먼드, 기사도 규칙에 따라 이름을 밝히지 않은 자와 싸울 필요는 없어요. 당신은 진 게 아니라 음모에 빠진 거예요.

알바니 입 닥쳐! 그렇지 않으면 이 편지로 당신의 입을 틀어막겠소. (에드가 칼로 찌르려 하자 얼른 말린다) 잠깐만! 중지! (에드먼드에게) 이 악당아! 이 편지를 읽고 네 자신의 죄를 알라.

(고네릴이 편지를 낚아채 찢으려 한다) 찢지 마. 그 편지 내용을
아는 모양이군.

고네릴 설사 알고 있다 하더라도 누가 감히 나를 규탄하겠어요?

알바니 천하에 극악무도한 계집! 이 편지를 안단 말이지?

고네릴 그걸 알면서 나한테 왜 물어요? (퇴장)

알바니 저 여자를 뒤쫓아가 진정시켜라. (장교 퇴장, 에드먼드에게)
넌 이 편지 내용을 알고 있느냐?

에드먼드 나는 당신이 비난하고 있는 것보다 훨씬 더 많은 죄를
저질렀소. 때가 되면 다 밝혀질 것이오. 모든 것은 끝났다.
어쨌거나 나를 물리친 운 좋은 넌 누구냐? 네가 귀족이라면
내 용서하리라.

에드가 좋다. 이제 서로 용서하기로 하자. 내 혈통은 너보다 못
하지가 않다. 내가 너보다 우월하다면 넌 더 죄가 크겠지. 에
드먼드, 내 이름은 에드가, 네 아버지의 아들이다. 하느님이
얼마나 공정하신지 어둠침침한 곳에서 너를 만든 벌로 아버
지는 양쪽 눈을 잃으셨다.

에드먼드 그렇군요. 인과응보의 바퀴가 돌고 돌아 저는 다시 밑
바닥이 되었군요.

알바니 어딘지 모르게 자네의 거동에 당당하고 귀족적인 품위
가 엿보였어. 자, 이리 와서 포옹해 주게. (서로 포옹한다) 그런
데 자네나 자네 부친을 미워한 적이 있다면 이 가슴을 다 찢

어도 할말이 없을 걸세.

에드가 그 맘 잘 알고 있습니다.

알바니 도대체 어디에 숨어 있었나? 자네 부친의 불운은 어떻게 알게 되었고?

에드가 제가 여태껏 돌봐 드렸습니다. 간단히 말씀드리지요. 어찌 맨정신으로 이러한 말을 입에 올릴 수 있겠습니까. 오, 목숨에 대한 끈질긴 애착이여! 죽음의 고통을 맛볼지라도 산다는 것은 죽는 것보다는 나은 일이니까요. 누더기 차림으로, 개조차 멸시할 그런 차림으로 하루하루를 연명했지요. 그러다가 두 눈을 잃어 피가 줄줄 흐르는 아버님을 만났습니다. 아버님을 만나 길을 인도하며 그분을 위해 동냥을 했습니다. 그리고 이곳에 오기 바로 전에 저는 비로소 아버님께 제 정체를 밝혔습니다. 이길 것이라고 확신하면서도 확실치 않아 아버님의 축복을 받고자 사실을 말씀드린 것입니다. 그런데 기쁨과 슬픔의 극단적인 충격이 이미 찢길 대로 찢어진 아버님의 가슴을 찢어 놓은 것입니다. 아버님은 그만 유명을 달리하셨습니다.

에드먼드 그토록 가슴 아픈 얘기가 있습니까? 나도 이제 선한 인간이 되겠습니다. 형님, 계속 말씀하세요.

알바니 그만하게. 더한다면 내 가슴이 찢어질 것이네.

에드가 더욱 기가 막힌 것은 제가 울고불고 아버지를 껴안고 슬퍼하자 어떤 사람이 다가왔습니다. 그 사람은 거지 모양을 한 저를 피하던 사람인데 제가 통곡을 하자 그제야 저를 알아보곤 저를 부둥켜안고 흐느껴 우는 것이었습니다. 그러더니 아버님의 유해를 얼싸안고 리어왕과 자기 자신에 관해서 사람으로서 들어본 적이 없는 슬픈 이야기를 들려주었습니다. 그분 역시 얘기를 하는 중에 슬픔이 복받쳐 올라 목숨이 가물거리기 시작했습니다. 바로 그때 두 번째 나팔 소리가 울렸고, 난 그분을 거기에 둔 채 이리로 뛰어온 것입니다.

알바니 그런데 그 사람이 누구였나?

에드가 바로 추방된 켄트 백작이었습니다. 변장을 하고서 원수 같은 국왕 곁에 붙어다니며 노예처럼 봉사를 하고 있었던 것입니다.

🎺 시종 한 명이 피 묻은 단검을 들고 등장

시종 큰일났습니다!

에드가 무슨 소란이냐?

알바니 무슨 일인지 어서 말하라.

에드가 그 피투성이 칼은 뭐냐?

시종 가슴에 꽂힌 것을 방금 뽑아 김이 모락모락 납니다. 오, 그분이 돌아가셨습니다.

알바니 누가, 누가 돌아가셨단 말이냐? 빨리 말하라.

시종 공작님, 공작님의 부인 말씀이에요. 마님께서는 여동생을 독살했노라고 자백하셨습니다.

에드먼드 내가 두 자매와 결혼하기로 약속했으니, 이제 세 사람이 동시에 죽는구나!

에드가 저기 켄트 백작이 오십니다.

알바니 살았든 죽었든 둘의 시체를 이리 내오거라. 천벌을 받았으니 전율이 일기는 하되 동정심은 일지 않는구나.

🎵 켄트 등장

알바니 오, 이분인가? 결례가 되는 줄 압니다만 인사를 차릴 여유가 없구려.

켄트 국왕이시며 주인되시는 분께 하직인사를 여쭈러 왔습니다. 여기 안 계십니까?

알바니 중대한 일을 잊고 있었군! 에드먼드, 국왕께선 어디 계시냐? 그리고 코델리아 왕비는? (이때 시종들이 고네릴과 리건의 시체를 가져온다) 켄트 백작, 저것이 보이오?

켄트 아니, 이것이 어찌된 일입니까?

에드먼드 저는 두 여자의 사랑을 받았죠. 바로 저 때문에 언니가 동생을 독살하고 자신은 자살했습니다.

알바니 사실이오. 시체를 덮어라.

에드먼드 숨이 차 오는군. 난 여태껏 못된 짓만 해 왔지만, 내 본성과 어울리지 않게 착한 일 한 가지만 하고 싶소. 급히 성으로 사람을 보내시오. 리어왕과 코델리아를 죽이라는 명령을 내렸소.

알바니 뛰어라, 뛰어!

에드가 누구에게로 가야 하지? 에드먼드, 누가 직책을 맡고 있나? 사형 집행 중지를 증명하는 증거를 보내야 해.

에드먼드 그렇소. 내 칼을 증표로 대장에게 주시오.

알바니 있는 힘을 다해 뛰시오! (에드가 퇴장)

에드먼드 공의 부인과 내가 공모해 코델리아를 목 졸라 죽이라고 명령했소. 그리고 나중에 자살한 것처럼 꾸밀 생각이었소.

알바니 신들이여, 국왕과 코델리아를 지켜 주소서! (에드먼드를 가리키면서) 이자를 잠시 데려가라. (에드먼드, 시종들에게 운반되어 퇴장)

🌑 죽은 코델리아를 팔에 안고 리어왕 등장. 에드가와 부대장 다시 등장

리어왕 울어라, 울어라! 아, 너희는 목석으로 된 인간이냐! 내가
　　　　너희들 같은 눈과 혀를 가졌다면 하늘이 무너지도록 저주를
　　　　내렸을 것이다. 이 애는 영원히 갔다! 나는 죽은 것과 산 것은
　　　　구별할 수 있어. 내 딸은 흙처럼 죽었다. 거울을 다오. 내 딸
　　　　의 입김이 거울을 흐리게 한다면 그건 살아 있다는 증거다.

켄트 이것이 이 세상의 종말인가?

에드가 그렇지 않으면 그 무서운 종말의 그림자인가?

알바니 하늘이여, 무너져라. 땅이여, 꺼져라!

리어왕 (새털을 코델리아의 입술에 갖다 대며 숨 쉬고 있는지 아닌지
　　　　검사하려고 한다) 깃털이 움직였어! 살아 있구나! 이제 이 애
　　　　가 겪었던 온갖 설움을 보상받을 수 있을 거야.

켄트 (무릎을 꿇으며) 오, 폐하!

리어왕 에이, 저리로 가!

에드가 저분은 폐하의 충신인 켄트 백작이십니다.

리어왕 천벌을 받을 놈들! 너희들은 모두 살인자며 역적들이야!
　　　　이 애를 살릴 수도 있었는데, 이제는 죽어 버렸잖아! 코델리
　　　　아야, 조금만 기다려라! 너, 지금 뭐라고 그랬니? 언제나 부드
　　　　럽고 착하고 조용한 너를 누가 죽였단 말이냐? 네 목을 누른
　　　　놈을 내가 죽여 버린 거야.

부대장 사실입니다, 왕께서 그놈을 죽였습니다.

리어왕 나도 한때는 칼을 휘둘러 놈들을 쥐잡듯 죽인 적도 있었

지. 그런데 이젠 늙어 빠져 아무 짝에도 쓸 수가 없어. (켄트를 보고) 너는 누구냐? 눈이 잘 안 보여. 하지만 곧 알아볼 수 있을 거야.

켄트 만약 운명의 여신이 사랑하고 미워한 두 사람이 있었다고 한다면, 바로 우리 두 사람이 그럴 것입니다.

리어왕 눈이 침침하군. 자네는 켄트가 아닌가?

켄트 그렇습니다. 폐하의 신하 켄트이옵니다. 폐하의 시종 카이어스는 어디 있습니까?

리어왕 그놈은 좋은 놈이었어. 칼 솜씨도 일품이었지! 그런데 그놈은 죽어 썩어 버렸어.

켄트 아닙니다, 폐하. 제가 바로 그 카이어스입니다.

리어왕 그래? 그럼 내가 알아볼 수 있을 거야.

켄트 폐하가 불우하게 되신 때부터 난 폐하를 떠나지 않고 쭉 따라다녔습니다.

리어왕 고맙구나.

켄트 제가 바로 그 사람이에요. 이제 이 세상은 즐거움이 없는 암흑과 죽음의 세계입니다. 폐하의 두 따님은 돌아가셨습니다. 절망한 나머지 목숨을 끊었습니다.

리어왕 그랬을 거다.

알바니 폐하께서는 지금 자신이 무슨 말씀을 하는지 잘 모르시오. 그러니 지금 우리의 이름을 말씀드려도 소용없겠소이다.

에드가   정말 아무 소용없겠습니다.

🎵 장교 등장

장교   각하, 에드먼드 님께서 돌아가셨습니다.

알바니   그런 것은 하찮은 일에 불과해. 여러분, 제 말을 들어주십시오. 저는 엄청난 불행을 겪게 된 국왕 폐하를 힘 자라는 데까지 도와드릴 작정이오. 나는 당장 사임하고 내 전권을 노왕께 넘겨드려 생존하시는 동안 다시 나랏일을 맡으시도록 하겠소. 그리고 (에드가와 켄트를 가리키며) 두 분께서는 원래 작위를 되찾게 될 것이며, 그 공적에 맞도록 특전을 베풀겠소. 우리 편을 든 자는 그 공로에 상응하는 포상을 받을 것이며, 적의 편을 든 모든 자들은 그 죄에 합당한 벌을 받게 될 거요. 아, 저길 보시오. 저기를!

리어왕   오, 불쌍한 내 딸을 목 졸라 죽이다니! 생명이 없어. 없도다! 개나 말이나 쥐 같은 것도 생명이 있는데, 너는 어째서 입김조차 없느냐? 넌 다시 살아나지 못하겠지. 절대로, 절대로, 절대로! 제발 부탁하노니 이 단추를 풀어다오. 고맙다. 이 애를 봐라. 이 애 입술을 보라고! 여길 봐라, 보란 말이다. (죽는다)

에드가 폐하, 폐하, 정신을 차리십시오!

켄트 아, 가슴아, 터져 버려라. 제발 터져 버려라.

에드가 폐하, 폐하!

켄트 폐하를 가시도록 내버려 둡시다! 이토록 쓰라린 세상이라는 형틀에 앉힌다면 폐하께서는 더욱 분노하실 거요.

에드가 폐하께서 돌아가셨습니다.

켄트 이렇게 견디신 것이 오히려 이상하오. 무리하게 목숨을 이어가셨던 게요.

알바니 두 분의 유해를 모시고 나가거라. 마땅히 그분의 죽음을 거국적으로 애도해야겠소. (켄트와 에드가에게) 그대들, 내 마음의 두 벗은 이 나라를 통치하고 난국을 수습하는 데 힘써 주기 바라오.

켄트 저는 곧 여행을 떠날 몸입니다. 저 역시 주인께서 부르시니, 아니 따를 수가 없습니다.

알바니 이 가혹한 시대를 우리가 짊어지고 가야만 하오. 가장 나이 많으신 분께서 가장 큰 괴로움을 겪으시다니. 우리 같은 젊은이들은 이만큼 커다란 시련은 견딜 수도 없거니와 그만큼 오래 살지도 못할 것입니다. (장송곡이 울리는 가운데 일동 퇴장)

셰익스피어의 생애

영국이 낳은 세계적인 대문호 셰익스피어. 그는 인간의 오욕칠정을 주무르고 영혼을 흔드는 깊고 넓은 시적인 울림, 그리하여 시대와 공간을 넘어 재해석되고 재음미되는 불멸의 울림을 낳았다.

셰익스피어와 그의 희곡은 영문학사를 뛰어넘어 세계 문학사의 한 정점으로서 세상을 오연(傲然)하게 굽어볼 뿐더러, 창조의 원천이자 영감의 바이블로서 지상의 무대를 굳건하게 떠받치고 있다.

성장기

셰익스피어는 엘리자베스 1세 통치기인 1564년 4월 26일에 영국 중부에 있는 스트래퍼드어폰에이번에서 태어났다. 흥성한 상업도시이자 비옥한 농경 지대였던 이곳에서 그는 세례를 받았고, 또한 영면(永眠)에 들었다.

아버지 존 셰익스피어는 농산물과 모직물의 중개업으로 큰돈을 벌어 신분 상승의 꿈을 이룬 인물이었고, 어머니 메어리 아든은 워릭셔의 명문가에서 태어나 자란 귀족이었다. 자신보다 신분이 높은 여자와의 결혼을 통해 사회적 지위를 더욱 굳건히 다진 존은 1568년 스트래퍼드어폰에이번의 시장으로 선출되기에 이르렀다.

이런 유복한 환경 속에서 셰익스피어는 8남매 중 셋째로 태어났다. 위로 두 명의 누나가 있었으나 모두 어린 나이에 죽었고, 밑으로는 세 명의 남동생과 두 명의 여동생을 두었다.

셰익스피어는 4살 때부터 아버지를 따라 연극 구경을 했으며, 성서와 고전을 통해 읽기와 쓰기를 배웠다. 그리고 11살에 마을의 문법학교에 들어가 문법과 논리학, 수사학, 문학 등을 익혔다. 하지만 이후 아버지의 계속되는 사업 실패로 가세가 기울면서 결국 대학에 진학하지 못하고 집안일을 도운 것으로 보인다(그의 소년 시절에 대한 기록은 많지 않으며, 연극과의 연관 관계도 불분명하다).

셰익스피어는 18세 되던 해인 1582년에 유복한 농가의 딸로 여덟 살 연상인 앤 해서웨이와 결혼해 이듬해 첫딸 수잔나를 낳았다. 그리고 2년 후 쌍둥이 남매 햄넷과 주디스가 태어나자 곧 고향을 떠나 떠돌아다니기 시작했는데, 그의 방랑은 7~8년 동안 계속되었다. 이 시기에 그가 어디서 무엇을 했는지는 분명치 않다. 다만 1580년대 말 무렵부터 배우로서 생활한 듯 보이며, 1592년 런던

연극계의 신예로서 좋은 평을 얻었다는 기록이 전할 따름이다.

극작 활동

런던에서 체류하던 셰익스피어가 극작 활동을 시작한 것은 1590년 무렵으로 보인다.

처음에는 존 릴리, 크리스토퍼 말로, 조지 필, 로버트 그린 등과 같은 선배 작가의 희곡을 부분적으로 손질하는 것에 만족해야 했던 그가 처녀작으로 내놓은 것이 3부작 역사극인 〈헨리 6세〉 (1590~92)이다. 무대 위에 오른 이 작품은 공전의 히트를 기록한다.

이때로부터 1600년까지 셰익스피어는 자신의 필력(筆力)을 왕성하게 발휘한다.

먼저 영국의 장미전쟁을 배경으로 한 역사극인 〈리처드 3세〉 (1592)를 위시해, 로마의 극작가 플라우투스의 작품을 번안한 〈실수 연발〉(1592), 피를 피로 갚는 로마의 잔혹한 복수극 〈타이터스 앤드로니커스〉(1593), 그리고 드센 여인을 아내로 맞아 정숙하게 길들인다는 내용의 익살극 〈말괄량이 길들이기〉(1593) 등이 발표했다.

1590년대 초반은 런던에 페스트가 창궐하던 시기였다. 이로 인해 많은 극장들이 폐쇄되었는데, 이 무렵 셰익스피어는 두 편의 서사시 〈비너스와 아도니스〉(1593), 〈루크리스의 겁탈〉(1594)을 통해 든든한 후원자인 사우샘프턴 백작을 얻게 된다.

한편, 극장 폐쇄의 여파로 대규모 재편성이 이루어진 런던의 연극계에 1594년 새로 두 개의 극단이 창설되면서 신진 작가들에게 우호적인 환경이 조성되었다. 그중 하나인 로드체임버린 극단에 소속된 셰익스피어는 배우이자 극작가로서 본격적인 활동을 시작한다.

그는 평생 이 극단을 위해서 희곡을 썼는데, 초기 작품들로는 원수 집안의 남자와 여자 사이의 열렬한 사랑과 비극적인 파국을 그린 〈로미오와 줄리엣〉(1594)을 비롯해, 왕국의 통치자이면서도 강렬한 시적 감성과 나르시스트적인 품성으로 고난에 찬 역정을 통과해 가는 인물을 그린 역사극 〈리처드 2세〉(1595), 아테네 교외에 자리한 숲을 무대로 펼쳐지는 환상적인 밤의 세계를 그린 낭만적 희극 〈한여름 밤의 꿈〉(1595) 등이 있다.

인간에 대한 예리한 관찰력과 서정성이 돋보이는 이 작품들에 이어서, 1590년대 후반으로 오면서는 빼어난 통찰력을 발휘한 역사극과 희극들을 썼다.

그중 대표적인 작품으로는 사악한 유대인 고리대금업자 샤일록의 횡포와 이에 맞서는 연인들의 감미롭고 희생적인 사랑의 힘을 배합한 〈베니스의 상인〉(1596)과 리처드 2세에게서 권력을 찬탈한 헨리 4세 치하의 음모와 혼란에 찬 암흑기를 배경으로 한 〈헨리 4세〉(1597) 등을 들 수 있다.

1599년에 이르러 템스강 남쪽 연안에 〈글로브극장〉을 건설한 셰익스피어는 그곳을 자신이 속해 있던 극단의 상설극장으로 삼았다. 이 무렵 셰익스피어의 창작력은 최고조에 이른다.

이때 발표된 작품으로는 궁정에서 추방된 공작과 가신(家臣)의 목가적인 생활을 배경으로 젊은 남녀의 연애를 낭만적으로 그린 〈뜻대로 하세요〉와 궁정에서 상연할 목적으로 쓴 〈십이야(十二夜)〉 등을 꼽을 수 있다.

특히 〈십이야〉는 셰익스피어 최고의 희극으로 명성이 자자한 작품이다. 낭만적인 사랑과 결혼을 소재로 한 서정적 분위기에다 익살과 재담 그리고 해학 등의 희극적인 요소들이 작품 전체에 잘 녹아 흐르고 있다.

비극시대의 개막

1599년 봄, 아일랜드에서 일어난 타이론의 반란을 진압하기 위해 출정하는 에섹스 경의 원정군에는 셰익스피어의 절친한 후원자였던 사우샘프턴 백작도 들어 있었다.

그러나 원정이 실패로 돌아가면서 영국 왕실의 분노를 사게 되자, 에섹스와 사우샘프턴은 공격의 목표를 아일랜드의 반란군에서 런던의 왕실로 바꿔 회군하기 시작했다.

여론의 지지를 얻지 못한 반란은 곧 실패로 돌아갔으며, 지도부는 체포되어 재판에 회부되었다. 에섹스는 반역죄로 몰려 런던탑에서 참수되었으며, 사우샘프턴은 종신형을 언도받고 런던탑에 갇히게 되었다.

이는 엘리자베스 여왕의 치세가 막을 내리고 있음을 보여주는 상징적인 사건이었는데, 실제로 사건 발발 2년 후인 1603년 3월에 여왕은 숨을 거두었다.

이와 같은 일련의 불행한 사태는 셰익스피어에게도 커다란 충격을 안겨 주었다. 그 영향으로 1600년 이후 그의 작품 세계의 면모가 확연하게 달라지면서 이름하여 비극시대가 개막되었다.

셰익스피어의 4대 비극으로 널리 알려진 〈햄릿〉(1601), 〈오셀로〉(1604), 〈리어왕〉(1605), 〈맥베스〉(1606) 등은 바로 이 시기에 나온 작품들이다.

인간의 고뇌와 절망과 죽음 등 무거운 주제를 다룬 이 작품들 안에는 시대를 아파하는 셰익스피어의 우울한 심사와 염세적이고 절망적인 세계관이 깊이 아로새겨져 있다.

〈햄릿〉은 사랑과 존경을 바치던 대상인 아버지를 잃은 왕자 햄릿이 숙부와 결탁해 지아비를 죽인 어머니의 도덕적 타락과 배신, 그리고 용서받을 수 없는 숙부의 죄악과 그에 대한 증오, 곤경에 처한 나라의 사정, 연인 오필리아의 죽음 등으로 인해 극심한 고통과 절망감에 시달리다가 마침내는 비극적인 최후를 맞게 되는 이야기이다.

〈오셀로〉는 악인 이아고의 간계에 빠진 무어인 장군 오셀로가 정숙하고 착한 아내 데스데모나의 정절을 의심하고 질투하다가 급기야는 어리석게도 아내를 죽여 버리고 마는 이야기이다.

〈리어왕〉은 탐욕스럽고 간교한 큰딸과 둘째딸에게 왕국을 넘긴 리어왕이 결국에는 딸들에게 버림을 받아 분노에 가득 찬 광인이 되어 광야를 떠돌고, 자신을 진정으로 사랑했던 막내딸 코델리아도 결국에는 가련한 죽음을 당하고 마는 이야기이다.

〈맥베스〉는 사악한 마녀들의 꾐에 빠진 맥베스 장군이 권좌에 오르기 위해 아내와 함께 왕을 죽인 대가로 비참하고 가련한 최후를 맞게 되는 이야기이다.

이상과 같이 각기 다른 소재들을 서로 다른 방식으로 풀어가고 있는 4대 비극을 한 데 묶어 정리하기는 쉽지 않다. 하지만 인간 삶에 편재하는 거대한 악에 의해 개인의 선량한 의지와 행위들이 속절없이 유린되고 파괴당하는 비극적 상황에 대한 작가의 침울하고 침통한 시선이 네 작품 모두에서 고스란히, 훌륭하게 관철되고 있음을 볼 수 있다.

진실을 얻기 위해 반드시 그에 값음할 만한 커다란 대가를 치르는 인간 세상의 비극성을 제시하고, 죽음에 대한 감수성을 내내 견지하면서 인간적인 가치탐구의 긴장감을 놓지 않는 셰익스피어의 뛰어난 창작력이 세계 연극사상 최고의 비극을 만들어낸 것이다.

하지만 이 시기에 셰익스피어가 비극만을 창작한 것은 아니었다. 그는 〈트로일러스와 크리시더〉(1601)와 〈끝이 좋으면 모두 좋다〉(1602), 그리고 〈자[尺]에는 자로〉(1604) 등의 희극도 썼다.

그런데 이런 작품들에서조차 음산한 절망감이 배어 나오고 있는 것을 보면, 당시 셰익스피어의 영혼에 깃든 어둡고 침울한 기운이 얼마나 강렬했는지를 짐작할 수 있다.

사실 이러한 침울함의 원인이 셰익스피어의 내면에서만 찾아지는 것은 아니다. 당대의 연극적 유행의 변화도 셰익스피어의 비극 시대를 추동하고 끌어가는 동력으로 작용하고 있는 것이다.

당시 관객들은 기존의 낭만적이고 유쾌한 희극과 역사극 따위에 식상해 하면서, 그것을 대신할 사실적이고 풍자적인 희극과 비극적인 인간 존재극에 열광했다.

이런 대중적 열망의 반영과 아울러 인간과 세계의 본질을 꿰뚫어 보는 셰익스피어 자신의 깊어진 성찰과 인식의 발현이 곧 인류 문학사에 축복과도 같은 비극들을 선사했다고 할 수 있을 것이다.

왕의 후원과 로맨스극의 발표

엘리자베스 1세의 뒤를 이어 왕위에 오른 제임스 1세는 스튜어트 가문의 군주답게 예술을 애호하는 사람이었다. 1603년 5월 제임스 1세는 런던에 도착하자마자 연극을 육성하는 일에 착수했다.

제임스 1세는 궁내부 극단을 국왕극단으로 개편하고 스스로 극단의 후원자가 되었다. 극단 단원들에게 연봉이 지급되었고, 왕실

가문의 표지가 새겨진 보랏빛 의상과 모자를 착용토록 했다.

또한 그는 셰익스피어와 그 단원들에게 '그룸즈 오브 더 체임버'(groom of the chambers)라는 명예로운 계급을 수여하는 한편, 셰익스피어의 후원자인 사우샘프턴 백작도 감옥에서 풀어 주었다.

이런 연극 육성 조치와 맞물려 관객의 기호가 변화하면서 영국의 연극에도 변화의 바람이 불기 시작했다. 주인공을 중심으로 격렬하게 감정들이 대치하며 긴장을 증폭해 나가던 대작 극에서 가정비극과 풍자희극, 그리고 감상적인 희비극이나 퇴폐적인 비극으로 그 축이 바뀌었던 것이다.

셰익스피어도 이때부터 새로운 경향을 띤 작품들을 무대에 올려 발표하기 시작했다. 그것은 바로 로맨스극이라고 하는 희비극이었는데, 내용상 비극으로 끝나야 마땅한 이야기가 체념과 화해의 과정을 거쳐 행복한 결말을 맞이한다. 인생의 희로애락과 명암을 모두 맛본 작가의 달관된 인생관이 반영된 결과로 보인다. 대표적인 작품으로는 〈심벨린〉(1610), 〈겨울 이야기〉(1610)와 〈템페스트〉(1611) 등이 있다.

운문 문학의 최고 절정

셰익스피어는 살아생전에 자신의 전체 희곡 37편 가운데 절반에 가까운 작품들이 출판되는 것을 지켜보았다. 또한 정확한 창작 시기는 불분명하지만 1609년에 〈소네트집〉도 발간되었는데, 이것은 영국 소네트의 정수라는 찬사를 얻었다.

셰익스피어는 1610년 〈겨울 이야기〉가 초연되던 해에 귀향한 것으로 짐작되는데, 그가 고향 스트래트퍼드의 홀리 트리니키 교회에 안장된 지 3년이 지난 1619년에 토머스 파비어가 그의 희곡 선집을 기획해 발간했으나 완간을 보지는 못했다.

총 10권이 나온 파비어의 셰익스피어 선집은 〈헨리 6세〉(제2부), 〈헨리 6세〉(제3부), 〈헨리 5세〉, 〈윈저공의 명랑한 아낙네들〉, 〈베니스의 상인〉, 〈페리클레스〉, 〈한여름 밤의 꿈〉, 〈요크셔의 비극〉, 〈서 존 올드캐슬〉, 〈리어왕〉 등이었다.

그리고 1622년 〈오셀로〉가 출판되었으며, 1653년에는 이전에 셰익스피어의 동료 배우였던 존 헤밍과 헨리 콘델의 편집으로 최초의 셰익스피어 단권 전집이 출판되었다.

셰익스피어의 희곡은 연극이라는 매개체를 통해 인간 내면에 도사린 다양한 면모들을 극적이면서도 시적으로 잘 드러내 보인 뛰어난 운문 문학의 절정이었다고 할 것이다.

셰익스피어와 그의 시대

셰익스피어가 활동을 시작한 16세기 후반은 엘리자베스 여왕의 치세 아래 영국이 유럽의 열강으로 편입하는 국가적 부흥기였다.

봉건 질서 약화와 근대국가 체제의 등장, 상업의 발달, 문화 산업의 번성, 사회 계층의 변화 속도 증가, 남녀 성에 대한 인식 변화 등등 영국 사회 전반에 변혁의 바람이 불고 있었다.

이러한 바람을 셰익스피어는 누구보다도 먼저 작품 속에 담아냈다. 문학을 위시한 문화 부문의 성숙한 분위기, 역동적인 사회 풍조 안에서 양산되는 다양하고 풍성한 소재들이 그의 작품 곳곳에 녹아들었다. 그 때문에 단순한 문학적 읽을거리의 차원에서 벗어나 시대상을 엿볼 수 있는 문화적 교본으로까지 자리매김하게 되었다.

당시 영국 극작가들 사이에서 셰익스피어는 촌놈 취급을 받으면서 이력을 쌓아 나갔다. 다수의 극작가들이 옥스퍼드나 케임브리지 등의 명문 대학을 나온 엘리트인 상황에서 대학 문턱도 밟아 보지 못한 셰익스피의 활약은 백조가 된 미운 오리새끼에 비견될 만한 것이었다.

극작가인 벤 존슨이 "라틴어에도 그만이고 그리스어는 더욱 말할 것이 없다"면서 비꼬는가 하면, 로버트 그린의 경우는 "라틴어는 조금밖에 모르고 그리스어는 더욱 모르는 촌놈이 극장가를 뒤흔든다"면서 노골적으로 불만을 터뜨릴 정도였다.

우월한 학벌을 등에 업은 동업자들의 비난과 악담에도 불구하고 셰익스피어의 작품은 시간이 지날수록 점점 더 인기가 높아졌다. 탁월한 언어 구사력과 천부적인 무대 예술 감각, 인간 심리에 대한 깊은 이해력, 풍부한 세상 경험 등이 한 데 녹아 어우러진 그의 작품 세계는 수작을 넘어 대작의 반열로 들어섰다. 그리고 주변의 시기심을 존경심으로 바꿔 놓았다.

1623년 벤 존슨은 "어느 한 시대의 사람이 아니라 모든 시대의 사람"이라는 말로 셰익스피어를 상찬했다. 그리고 1668년 존 드라이든은 "가장 크고 포괄적인 영혼"이라는 찬사를 셰익스피어에게 바쳤다.

말년의 활동과 죽음

셰익스피어는 죽기 몇 년 전에 고향으로 돌아왔다. 1596년에 아들을 잃고 그 이듬해 구입했던 스트래트퍼드의 호화 주택에서 그는 아내랑 딸들과 함께 말년을 보냈다. 그런 동안에도 런던은 계속 방문했다.

1606년과 1607년 즈음, 셰익스피어는 희곡 몇 편을 창작하고, 1613년 이후로는 자신보다 열다섯 살 적은 극작가 존 플레처와 함께 희곡 세 편을 공동 창작한 것으로 전해진다. 존은 많은 작가들과 합작 형태로 계속 활동하면서 셰익스피어의 라이벌로서 인기를 구가했다.

1616년 4월 23일, 셰익스피어는 52세의 나이로 숨을 거두었다. 그가 평생에 걸쳐 쓴 희곡 작품은 36편이고, 14행시(소네트) 154편도 남겼다. 그의 희곡 중에서 생전에 출판된 것은 19편 정도이며, 1623년에 동료들에 의해 전집이 발간되었다.

살아서 이미 최고의 찬사를 얻었던 셰익스피어는 죽어서는 숭배의 대상이 되었다. "국가를 모두 넘겨주는 경우에도 셰익스피어 한 명만은 못 넘긴다"라고 했던 엘리자베스 여왕의 말이나, "영국 식민지 인도와도 바꿀 수 없다"고 했던 비평가 칼라일의 극찬이 영국을 벗어나서도 이해받는 영국인, 르네상스인, 그리고 세계인이 바로 셰익스피어이다.

셰익스피어는 오늘도 인류의 위대한 유산으로 남겨진 자신의 작품들 속에서 인간 심리와 인생에 대한 깊은 통찰을 절묘하고 매혹적인 목소리로 들려주고 있다.

셰익스피어 주요 작품 해설

햄릿

셰익스피어의 4대 비극 중에서 가장 앞선 1601년 발표된 작품이다. 전체 5막으로 구성되어 있고, 12세기 덴마크 왕가를 배경으로 하고 있다.

덴마크 역사가 삭소 그라마티쿠스가 저술한 《덴마크 연대기》 중 〈비타 암레티(암레트의 덕)〉가 이야기의 원 재료이다. 암레트 왕자가 자신의 어머니와 결혼한 왕위 찬탈자에게 복수하는 내용의 이야기인 〈비타 암레티〉는 셰익스피어 당대에 유럽 전역에 널리 알려져 있었다. 1570년 프랑소아 드 벨레포레스에 의해 〈역사의 비극〉이란 작품으로 프랑스에서도 소개된 바 있으며, 1589년 런던에서는 훗날 〈원(原) 햄릿〉이라 불리게 되는 햄릿 극이 상연되었다. 작가는 토머스 키드로 추정되는데, 현재는 전하지 않는 이 작품에

기초해 셰익스피어는 〈햄릿〉을 썼다.

부왕의 죽음, 어머니의 결혼, 왕위 찬탈자에 대한 복수심, 미친 척 연기하기, 왕의 가신 살해 등등 복수담의 주요 골격을 〈원 햄릿〉으로부터 가져온 〈햄릿〉은 주인공 햄릿에게 단순하고 감정적인 복수자의 역할을 벗어나 끝없이 고뇌하고 번민하는 실존적인 인간의 모습을 주입했다.

그 결과, 원작으로는 감히 겨룰 수 없을 정도로 개성적이고 입체적인 성격이 만들어졌다. 이러한 성격 변화는 작품 속에 등장하는 모든 인물들에서도 예외가 아니어서, 이전까지와는 달리 다양한 성격들이 대립하고 충돌하는 가운데 비극이 또 다른 비극을 낳는 매혹적인 복수극을 탄생시키기에 이르렀다.

셰익스피어식의 성격 창조는 햄릿의 고뇌와 갈등 양상을 특수한 계층의 문제가 아니라 어느 누구라도 겪을 수 있는 보편적인 인간의 문제로 확장하는 저력을 발휘한다. 삶과 죽음의 문제, 정의와 불의의 문제, 진실과 허구의 문제를 둘러싸고 고민을 거듭하는 햄릿은 복잡다단한 가치들이 충돌하는 시대를 살아가는 현대인들의 자화상이라고 보아도 무방하다.

기존의 복수극들이 상상도 못할 만큼 짜임새 있고 생동감 넘치는 비극 〈햄릿〉이 무대에 오르자, 평론가들은 단순한 복수 비극을 넘어서는 차원 높은 작품에 찬사를 쏟아냈다. 극장 앞은 연극을 보기 위해 몰려드는 관객들로 연일 장사진을 이루었고 셰익스피어의 극단과 경쟁하고 있던 모든 극단들은 자신들의 열세를 인정하지 않을 수 없었다.

사색이 너무 길어 결단을 내리지 못하는 우유부단한 성격을 가리킬 때 햄릿형 인간이라 지칭할 정도로 인간 유형의 한 전형을 탄생시켰으며 셰익스피어의 대표작이자 최고의 비극으로 꼽히는 〈햄릿〉은 시대와 공간에 따라 다양한 모습으로 변주되면서 지금까지도 꾸준하게 사랑받고 있다.

오셀로

셰익스피어의 4대 비극 중 두 번째로 나온 작품으로, 1604년 11월 1일 처음 무대에 올랐고, 1622년 초판본이 출간되었다. 이탈리아 극작가인 지랄디 친티오의 에피소드 모음집 《헤카토미티》에서 소재를 얻어 만든 이 작품은 여러 면에서 수정이 가해졌다.

무엇보다도 주인공의 성격부터 크게 다르다. 원작에서 그저 무어인 군인으로만 소개되는 주인공은 자신의 부인인 데스데모나를 의심해 샌드백 안에 집어넣고 때려서 죽일 만큼 잔혹한 인물로 그려진다. 죄 없는 아내를 죽여 놓고도 일말의 후회나 반성도 하지 않은 그는 베니스로 도주했다가 데스데모나의 가족에게 피살당하는 것으로 이야기가 끝난다.

이처럼 망나니 같은 주인공에게 셰익스피어는 오셀로라는 이름과 베니스의 장군이라는 직위를 안겨 주고, 고결하고 용감한 성품과 복잡한 심적 갈등을 부여했다. 그래서 한 고귀한 인간이 의심과 질투에 시달리다가 비참하게 몰락하는 과정을 그려내 보였다.

　가정 비극의 색채가 짙은 이 작품은 내용 자체로 보자면 사실 평범한 것이다. 질투에 의한 치정 살인. 어쩌면 치졸해 보일 수도 있는 이야기를 각색해 시대를 초월하는 불후의 비극으로 재탄생시킨 데에서 셰익스피어의 위대함은 새삼 확인된다.

　셰익스피어의 4대 비극 중에서 〈오셀로〉가 가진 특성은 주인공의 운명과 국가의 운명 사이에 아무런 관련이 없다는 것이다. 〈햄릿〉, 〈맥베스〉, 〈리어왕〉의 경우는 주인공의 갈등이 국가의 안정을 해치고, 주인공의 죽음과 더불어 국가의 질서가 회복된다. 하지만 〈오셀로〉의 주인공은 국가의 운명과 상관없이 개인적 차원에서만 갈등하다가 죽음을 맞이하고 있는 것이다.

　여타 비극들에 비해 인간의 사랑과 질투가 훨씬 선명하고 강렬하게 묘사되고 있는 〈오셀로〉에서 가장 눈길을 끄는 인물은 바로 이아고이다. 오셀로의 기수(旗手)인 그는 자신을 부관으로 뽑아 주지 않은 오셀로에게 앙심을 품고 온갖 간계를 부린다. '순수한 악', '메피스토의 화신'이라는 평을 듣는 그에게서 뿜어져 나오는 어두운 박력은 모두를 치명적이고 극적인 몰락과 죽음의 비극 속으로 끌고 들어간다.

세상의 아름다운 것, 사랑스러운 것, 그리고 고귀한 것의 가치를 인정하지 않는 인간. 인간 본성의 어두운 심연을 속속들이 들여다보는 듯한 인간. 세상의 끝에서 온 것 같은 최후의 인간에게 내려지는 주변의 평가는 아이러니하게도 '정직하고 성실한 이아고'이다. 그야말로 정직하고 성실한 악의 활약 속에서 데스데모나의 명랑함과 쾌활함은 천진할 정도로 빛나고, 오셀로의 강직함과 순진함은 안타까울 만큼 도드라진다.

오셀로와 데스데모나의 견고하고 아름다운 사랑의 성채에 구멍을 내서 파고 들어가는 검은 독사 이아고. 최초의 한 구멍으로부터 시작된 의심과 질투의 균열이 마침내 성채를 무너뜨리기까지 긴장과 이완, 집착과 주저를 되풀이하면서 갈등의 수위를 높여 가는 셰익스피어의 능란한 대사의 매력을 작품 전체에서 맛볼 수 있다. 특히 '유혹의 장'으로 유명한 3막 3장은 오셀로를 농락하는 이아고의 악마적인 매력이 유감없이 발휘되고 있다.

남녀간의 애정 문제는 보편적인 삶의 문제이자 영원불멸한 예술적 주제이다. 평생을 갈 것 같은 사랑이 훼손되는 것만큼 사적이면서도 비극적인 공감을 불러일으키는 사건은 없다. 〈오셀로〉가 계속해서 영화로 옮겨지고, 오페라의 옷을 입고서 대중들에게 불려나가는 매력의 원천에는 셰익스피어의 작품이라는 사실 외에 이러한 공감도 한 몫 하고 있을 것이다.

리어왕

셰익스피어의 4대 비극 중 세 번째로 만들어졌으며, 전체 5막으로 구성되어 있다. 켈트 신화에 나오는 레어 왕 이야기를 토대로 하는 이 작품은 1605년에 쓰인 것으로 추정되며, 1608년에 간행되었다.

〈리어왕〉은 셰익스피어의 희곡들 가운데 배경이나 주제 면에서 가장 압도적인 규모의 작품이다. 개인의 문제에다 가정과 국가와 자연의 운명이라는 문제, 그리고 청년부터 노년까지 인생 전반에 걸친 문제 등 폭넓은 주제를 집약시켜 놓았다. 또한 4대 비극 중에서도 가장 심오하고 아름다운 시적 표현의 탁월함이 돋보이는 작품으로 평가받는다.

구성 면에서도 도드라지는 부분이 있는데, 바로 이중의 플롯을 가진다는 점이다. 먼저, 큰딸과 둘째딸의 달콤한 거짓말에는 속아 넘어가면서 진실하고 정직한 막내딸은 내쫓아버린 리어왕이 몰락하는 이야기가 중심 플롯을 차지한다. 다음으로, 첩의 소생인 작은아들에게 속아 본처가 낳은 큰아들을 쫓아낸 글로스터 백작이 작은아들에 의해 반역자로 몰려 곤경에 처하는 이야기가 서브플롯을 이룬다. 이와 같은 두 개의 이야기가 서로 얽히면서 극의 주제를 심화시켜 가는 것이다.

〈리어왕〉은 어리석은 결정을 내리는 두 인물, 즉 리어왕과 글로스터 백작을 통해 인간의 삶에 드리워진 절대적인 허무와 치명적인 고통을 탁월하게 묘사해 내고 있다. 또한 신의 섭리에 따른 구원과 희망의 빛을 배제하고 있다는 점에서 비극의 정도가 훨씬 강한 작품이다. 특히 몰락한 다음에 두 사람이 만나는 장면은 셰익스피어의 작품 가운데 가장 인상적이고 극적인 대목으로 꼽히는데, 이는 인간이란 존재가 얼마나 나약하고 비루해질 수 있는지를 여실하게 보여 준다.

이처럼 명예와 지위를 잃는 인물들이 등장하는가 하면, 한 쪽에서는 온갖 수단을 동원해서 부와 권력을 쟁취하려 드는 글로스터 백작의 작은아들 같은 인물도 제시되고 있다. 신분과 재산이 철저하게 세습되는 중세적 질서로부터 개인의 노력 여하에 따라 신분 상승과 재산 획득이 가능한 근대적 질서로 서서히 옮겨가는 시대적 분위기가 반영된 것으로 보인다.

듣기 좋은 소리만을 좇다가 낭패를 당하는 왕과 글로스터 백작은 전근대적 질서에 익숙한 감성적 인물이라고 할 수 있다. 이성의 빛으로 세상을 밝히려는 르네상스적 인간형에 점차적으로 밀려날 수밖에 없는 운명들인 것이다. 그런 점에서 〈리어왕〉은 감성 위주에서 이성 위주로의 전환기에 당대의 기미를 예리하게 극적으로 담아낸 작품이라는 평가가 따라붙는다.

맥베스

셰익스피어의 4대 비극 중에서 가장 나중에 발표된 작품이다.

전체 5막으로 구성되어 있으며, 1606년 집필된 것으로 보인다.

역사가 라파엘 홀린셰드의 《스코틀랜드 연대기》에 수록된 스코틀랜드 귀족 이야기를 모티브로 삼은 〈맥베스〉는 반역 음모에 관한 유언비어가 횡행하던 엘리자베스 여왕 시대의 불안한 공기를 함축하고 있다.

그리고 비극 속에서 관철되는 셰익스피어의 기본 사상은 이 작품에서도 어김없이 확인된다. 질서의 붕괴로 생겨나는 모든 부조화가 비극의 원인으로 작용하며, 비극적인 파멸은 붕괴된 질서를 다시 세우는 데 따르는 진통이라는 것이다. 왕을 시해하고 권력을 찬탈한 맥베스가 맬컴 왕자의 군대에 의해 몰락하는 이야기는 모든 비정상을 정상으로 돌리는 질서 회복의 과정이라 할 수 있다.

셰익스피어의 비극은 대부분 세 부분으로 나뉜다. 첫번째는 제시부(Exposition)로, 여기서는 극에 갈등을 불러일으킬 만한 사건이 소개되는데, 짧은 소동과 혼잡 속에서 주인공은 다른 인물들에 의해 언급만 됨으로써 관객들에게 긴장감을 제공한다. 다음이 갈등부(Conflict)인데, 사건이 벌어지면서 갈등이 전개되고 증폭되어 절정에 이른 다음 전환 국면을 맞이한다. 그리고 마지막으로 대단원(Catastrophe)은 전쟁이나 개인적 대결 내지는 광기의 폭발로 사건이 자연스럽게 파국을 맞이한다. 이러한 3부 구조를 전형적으로 보여주는 작품이 바로 〈맥베스〉이다.

〈맥베스〉는 셰익스피어의 작품들 가운데 비교적 짧은 축에 속하며, 이야기의 진행 속도도 빠른 편이다. 〈리어왕〉에서처럼 부차적인 사건을 다루는 서브플롯 없이 주인공인 맥베스에게로 이야기가 집중된 결과이다. 게다가 맥베스는 내면에 충동이 일면 곧장 행동에 나서는 인물이다. 자기 안에서 고뇌를 거듭하면서 충동을 해소해 버리는 햄릿과는 거리가 먼 것이다. 그럼에도 이야기가 단조롭게 느껴지지 않는 이유는 주인공의 행동을 디테일하게도, 멀리서도 바라볼 수 있게끔 폭넓은 시각을 제공하고 있기 때문이다.

작품 속에 등장하는 마녀들은 인간의 내면에 깃들인 어두운 속성의 상징으로 보인다. 이러한 악의 본성에 어쩔 수 없이 이끌리는 맥베스 부부의 행동은 관객들로부터 연민의 정을 자아낸다. 이아고와 같은 철두철미한 악인이 아니라, 인간성을 간직한 인물이거부하기 힘든 유혹에 굴복해 죄를 짓고 또한 번민하는 모습을 보여주고 있기 때문이다.

탐욕과 죄의식, 타락과 파멸이라는 인간 삶의 보편적 주제를 밀도 있고 속도감 있게 그려낸 〈맥베스〉는 시대를 초월하는 비극 중하나로, 욕망으로부터 자유롭지 못한 모든 이들에게 깊은 인상을던져 준다.

베니스의 상인

셰익스피어의 희극들 가운데 가장 유명한 작품으로, 5대 희극에 속한다. 전체 5막으로 구성된 이 작품은 1596년에서 1598년 사이에 쓰인 것으로 보이며, 1600년에 처음 출간되었다.

작품의 주인공 샤일록은 자선에 인색하고 돈 계산에는 철저한 유대인에 관해 얘기할 때 항상 들먹거리는 이름이다. 그리고 샤일록에게 빌린 돈을 갚지 못해 가슴살 1파운드를 베일 위기에 처한 안토니오를 구한 포셔는 지혜로운 여성의 대명사로서 사람들의 입길에 오르내리곤 하는 인물이다.

서구 사회에서 수전노나 고리대금업자라고 하면 자동적으로 떠오르는 대상이 바로 유대인이었다. 많은 문학 작품들에서 유대인이 교활하고 탐욕스런 악인으로 등장하고 있는 것도 이러한 부정적인 사회 인식을 반영한 결과로 보인다.

〈베니스의 상인〉이 집필될 당시 영국은 엘리자베스 여왕의 통치 아래 상업이 번성하고 있었다. 돈줄을 틀어쥔 유대인과 금욕적인 생활을 지향하는 기독교인 사이에 반목이 커져 가던 시절이었다.

유대인을 배척하는 당대의 분위기가 셰익스피어로 하여금 샤일록이라는 인물을 창조하도록 부추겼을 수도 있다. 나아가 셰익스피어 자신도 유대인들에 대해 적대적인 감정을 가졌을지도 모르는 일이다. 실제로도 그러한지 여부는 작품을 통해 확인할 수 있다.

〈베니스의 상인〉에서 샤일록은 기독교적 관점에서 봤을 때는 확실한 악인으로 그려지고 있다. 하지만 관점을 달리해서 본다면, 기독교인들이 지배하는 사회의 희생자로 비쳐지기도 한다. 재판 결과, 자신의 재산을 몰수당하게 되었을 뿐더러 기독교로 개종까지 당해야 했기 때문이다. 악인이냐 희생자냐, 기독교적 관점이냐 유대인적 관점이냐 하는 양 갈래 사이에서 셰익스피어는 명확한 입장을 취하지 않고 있는 것이다.

당대 유럽에서 가장 부유한 도시였던 베니스를 배경으로 삼고 있는 이 작품은 사악한 고리대금업자의 횡포에 통쾌한 복수를 펼친다는 점에서 분명 희극에 해당한다. 하지만 복수의 대상이 단순한 악당에 그치지 않고 슬픈 운명에 처하는 인물로 묘사된다는 점에서 비극의 요소도 가지고 있는 셈이다.

이탈리아에서 구전되는 옛날이야기를 각색해서 만든 〈베니스의 상인〉과 마찬가지로, '유대인 고리대금업자'와 '살 1파운드를 건 채무 계약'이라는 두 가지 재료를 버무린 다른 작가들의 작품도 존재한다. 하지만 어떤 경우에도 셰익스피어가 창조한 샤일록에 범접할 만한 인물을 만들어 내지는 못했다.

저당 잡힌 가슴살과 피의 문제로 공방을 벌이는 재판 이야기에 젊은이들의 낭만적인 사랑 이야기가 곁들여진 희극 〈베니스의 상인〉은 복수와 자비의 본질뿐만 아니라, 우정과 사랑의 유쾌한 힘까지 맛볼 수 있게 해준다.

말괄량이 길들이기

이탈리아풍의 익살스런 소극(笑劇)인 〈말괄량이 길들이기〉는 전체 5막으로 구성되어 있다. 셰익스피어의 초기 습작기라 할 수 있는 1592년에서 1594년 사이에 창작된 것으로 보인다.

이 희극은 셰익스피어의 다른 작품들에서 찾아볼 수 없는 독특한 형식이 눈길을 끈다. 서극과 본극의 이중 구조로 이야기가 나뉘어 있는 것이다. 연극이나 영화 등을 통해 대중들에게 널리 소개되어 온 이야기는 서극을 뺀 본극의 내용들이다.

서극에서는 무료함에 빠진 영주가 장난 삼아 취객을 속여 저 자신을 영주로 믿게 만든 다음, 그가 보는 앞에서 배우들로 하여금 희극 공연을 펼치게 한다. 그 공연이 바로 〈말괄량이 길들이기〉의 본극에 해당한다. 액자 안에 담긴 그림처럼 극 속에서 새로운 극이 전개되고 있는 것이다.

〈말괄량이 길들이기〉는 평론가들과 전문가들에게 혹평 세례를 받아 온 작품이다. 불완전하고 거친 대목들이 눈에 띄는 데다, 앞에 제시된 서극의 내용이 마무리되지 않은 채로 작품이 끝나고, 또 무엇보다 여성을 남성의 소유물로 취급하면서 함부로 다룬다는 점들이 문제시되었다.

유명한 극작가이자 비평가인 버나드 쇼는 "점잖은 취향을 지닌 사람이라면 여자와 함께 공연이 끝날 때까지 자리를 지킬 수 없는 극"이라고 평했다. 셰익스피어와 동시대를 살았던 작가인 존 플레처의 경우는 〈말괄량이 길들이기〉를 패러디해 〈여성의 승리, 길들인 자 길들여지다〉라는 작품까지 만들었다. 원작에 등장하는 마초 남편이 홀아비가 된 후에 재혼한 두 번째 아내에게 역으로 길들여지는 내용의 이야기이다.

이후 발표된 낭만 희극들에 비해 예술성이 떨어질뿐더러 반여성적 내용으로 비난의 표적이 되곤 했지만, 〈말괄량이 길들이기〉는 무대 위에서 전혀 다른 대접을 받았다. 예술적으로 앞선 낭만 희극들은 물론이고 4대 비극들에도 결코 뒤지지 않는 대중적 인기를 끌어온 것이다.

위트 넘치는 내용, 황당한 상황 설정, 빠른 극 전개 등은 공연을 성공으로 이끄는 확실한 보증수표 노릇을 해왔다. 〈말괄량이 길들이기〉는 셰익스피어의 작품들 중에서 가장 먼저 유성영화와 텔레비전 드라마 등 새로운 매체로 재생산된 대표적 작품이다. 국내 무대에서도 종종 공연되어 왔기 때문에 그리 낯설지 않은 〈말괄량이 길들이기〉를 두고, 많은 이들이 읽기는 불편하지만 극으로 감상하는 것은 즐거운 작품이라 평하고 있다.

한여름 밤의 꿈

셰익스피어의 5대 희극 중 하나이자 대표적인 낭만 희극으로, 전체 5막으로 구성되어 있다. 1595년과 1596년 사이에 집필된 것으로 보이며, 1600년에 초판본이 간행되었다.

〈한여름 밤의 꿈〉은 중세 로망스, 중세 서사시, 고전 신화 등에서 발췌한 서로 다른 이야기들을 유기적으로 결합시켜 만든 작품으로, 사랑의 변덕스러움과 진실한 사랑의 승리를 그리고 있다. 셰익스피어의 어떤 작품들보다도 자주 공연되고 있으며, 멘델스존은 이 작품에서 특유의 환상적이고 괴이한 시적 여운에 감흥을 느껴 극음악 「한여름 밤의 꿈」을 작곡했을 정도이다.

작품의 공간적 배경은 아테네이며, 연인들의 엇갈리는 사랑과 그로 인한 갈등이 숲 속의 요정들을 통해 우여곡절 끝에 해결되는 내용의 이야기를 담고 있다. 환상적이고 몽환적인 이 희극은 셰익스피어의 작가적 상상력이 가장 잘 발휘된 작품으로 평가받는다.

셰익스피어는 자신의 극 안에 유령이나 마녀, 요정과 같은 초현실적인 존재를 자주 등장시킨다. 특히 요정들이 사는 마법의 숲을 생동감 넘치게 묘사하고 있는 〈한여름 밤의 꿈〉은 작가의 장기라고 할 수 있는 시적 상상력이 응집된 작품이다.

이 극에서 제시하고 있는 세계는 환상과 현실의 세계, 요정과 인간의 세계, 아테네와 숲의 세계로 양분된다. 이처럼 분할된 배경 안에서 초자연적인 존재인 요정들과 지배층인 귀족들, 그리고 피지배층인 직공들이 공간을 넘나들면서 사건을 만들고 이야기를 펼쳐 나간다.

〈한여름 밤의 꿈〉은 환상적인 요정 세계를 세밀하게 묘사하고 있다. 셰익스피어는 낭만적이고 신비로운 이 세계를 인간이 사는 현실 세계와 긴밀하게 연결시켜 놓았다. 또한 극 속에서 직공들로 하여금 〈피라무스와 티스비〉라는 연극을 준비하게 함으로써, 예술 매체로써 연극에 대한 자기 성찰적인 사유들을 개성적으로 풀어내고 있다.

〈한여름 밤의 꿈〉에서 중심 요소가 되는 사건은 바로 결혼이다. 결혼을 통해 모든 갈등과 불화가 해소되면서 이상적인 세계를 완성하는 모습을 보여주고 있는 것이다. 젊은 남녀의 사랑, 부모의 반대, 사랑의 도피라는 스토리는 〈로미오와 줄리엣〉을 연상시키기에 충분하다. 떠들썩하고 유쾌한 소동들도 이 작품이 〈로미오와 줄리엣〉의 희극 버전이라는 느낌을 갖게 한다.

뜻대로 하세요

셰익스피어의 5대 희극 중 하나로, 5막 22장으로 구성되어 있다. 1599년경에 만들어지고, 1623년에 간행되었다.

1600년 8월 4일자로 당국에 출판 저작 등록을 신고한 기록이 있는데, 판권을 소유한 궁정극단에서 타인의 무단 출판을 막기 위해 조치를 취한 것으로 보인다. 그만큼 당시 이 작품의 인기가 높았음을 보여주는 증거라 할 수 있다.

〈뜻대로 하세요〉는 셰익스피어가 동시대 작가인 토머스 로지의 소설《로잘린드, 유퓨즈의 황금 유산》을 각색해서 만든 작품이다. 당연하게도 원전과 비슷한 인물들이 다수 등장하는데, 여기에도 역시나 셰익스피어 특유의 빛나는 창조력으로 탄생시킨 염세적이고 우울한 사색가나 재기발랄한 어릿광대 등과 같은 인상적인 캐릭터 등이 추가되었다.

〈뜻대로 하세요〉는 제목이 소박한데다 평화롭고 서정적인 세계를 배경으로 하는 작품인데도, 셰익스피어가 비극을 창작할 무렵에 나온 희극이라서 그런지 자못 심각한 주제를 다루고 있다. 남녀간의 사랑 문제에 권력 찬탈과 질시, 반목 등의 무거운 이야기가 결합되어 있는 것이다.

다시 말해, 목가적인 전원을 배경으로 펼쳐지는 빛나는 청춘들의 사랑 이야기뿐 아니라, 권력과 재산에 눈먼 혈육 간의 분쟁이나 쫓겨난 전 공작을 따라 숲으로 들어와 생활하는 귀족의 풍자적이고 염세적인 대사처럼 어두운 면도 아우르고 있다.

〈뜻대로 하세요〉에서는 극의 많은 부분이 숲을 배경으로 삼아 전개된다. 1막에서부터 유산 문제로 다투고 갈등하는 형제의 이야기가 무대 위에 오르는 낭만 희극, 하극상이 난무하고 형제끼리 죽고 죽이고 미덕이 해로운 적이 되는 전원극, 무질서하고 부패한 궁정과 대비되는 중심적 배경으로 숲이 제시된다. 이러한 궁정 대 전원이라는 구도는 셰익스피어가 즐겨 다루는 테마이다.

숲은 형의 영토와 권력을 빼앗은 동생이 잠깐 만난 노수도사를 통해 죄를 뉘우치는 회개소인가 하면, 자신을 학대한 형을 짐승의 공격으로부터 구해내는 놀라운 관용의 장소도 되면서, 네 쌍의 사랑이 아름다운 결실을 맺는 운명의 정원으로도 자리한다.

이처럼 인간사의 모든 갈등이 초록 세계에서 치유되는 장면은 셰익스피어의 희곡에서 발견되는 전통과도 같은 신념 내지는 신앙이라고 할 수 있다.

십이야

셰익스피어의 5대 희극 중 하나이자 대표적인 낭만 희극으로, 전체 5막으로 구성되어 있다.

셰익스피어가 4대 비극을 집필하기 직전에 쓴 이 희곡은 1601년 1월 6일 이탈리아의 오시노 공작을 환영할 목적으로 엘리자베스 여왕 궁정에서 초연된 것으로 보인다. 셰익스피어가 전속하던 궁정극단은 거의 매년 1월 6일이면 궁정에서 연극을 공연한 것으로 기록되어 있다.

〈십이야〉는 바네이브 리치의《이제 군인은 그만》에 수록된 이탈리아 설화를 토대로 만들어졌다. 작품의 제목으로 쓰인 '십이야'는 크리스마스로부터 12일째에 해당하는 1월 6일을 가리키며, 크리스마스 축제 기간의 마지막 날에 해당한다. 이날 사람들은 흔히 악의 없는 장난과 농담을 하면서 즐기는데, 이 극에서도 도덕군자처럼 구는 집사 하나가 십이야에 골탕을 먹는 장면이 나온다.

〈십이야〉의 공간적 배경으로 나오는 '일리리아'는 발칸 반도 서부 아드리아 해의 동쪽 지역으로, 고대에 일리리아인들의 나라가 있던 곳이다. 바로 이곳 해안으로 쌍둥이 남매가 표류해 오면서 야기된 착각과 혼동에 의해 아이러니한 상황들이 전개된다. 복잡하게 얽힌 사랑의 구도가 정리되고 결혼에 이르는 과정을 희극적으로 그려내면서 작품은 막을 내린다.

이 작품은 두 개의 이야기가 병치되는 이중 플롯을 가지고 있다. 두 쌍의 청춘남녀가 엇갈리면서 짝을 찾아가는 사랑 이야기가 주요 플롯이고, 거짓 연서에 놀아난 집사의 가엾은 구애 이야기가 서브플롯을 이루고 있는 것이다. 정치적 암투나 음모가 섞여 드는 다른 낭만 희극들과 달리 여기서는 순수하게 사랑의 문제만을 주제로 다루고 있다.

〈십이야〉에서 눈에 띄는 또 다른 특성은 유달리 노래가 많이 나온다는 점이다. 대사와 대사 사이에 춤과 노래를 풍성하게 곁들인 이 작품은 오늘날의 뮤지컬과 비슷한 분위기를 엘리자베스 여왕 시절의 관객들에게 안겨 주었을 것으로 보인다. 셰익스피어는 다양한 무대 위의 실험을 통해 검증한 모든 희극적 수법과 기교를 이 한 편의 낭만 희극 안에서 조화롭게 활용하고 있다.

셰익스피어 연보

1564년	4월 26일 출생. 영국 스트래퍼드어폰에이번에서 아버지 존 셰익스피어와 어머니 메리 아든의 장남으로 출생.
1568년	아버지가 에이번의 시장으로 선출됨.
1577년	가세가 기울어져 학업을 포기함.
1582년	8세 연상인 앤 해서웨이와 결혼.
1583년	장녀 수잔나 출생.
1585년	쌍둥이인 아들 햄릿과 딸 주디스 출생.
1590~1592년	〈헨리 6세〉
1592~1593년	〈리처드 3세〉〈실수의 희극〉
1592년	페스트로 인해 런던의 극장이 폐쇄됨. 본격적인 활동 시작.
1593~1594년	〈타이터스·앤드로니커스〉〈말괄량이 길들이기〉
1594~1595년	〈베로나의 두 신사〉〈사랑의 헛수고〉〈로미오와 줄리엣〉

1595~1596년	〈리처드 2세〉 〈한여름밤의 꿈〉
1596~1597년	〈존왕〉 〈베니스의 상인〉
1597~1598년	〈헨리 4세 1부·2부〉
1597년	스트래퍼드어폰에이번에다 호화저택인 뉴플레이스를 사들임.
1598~1599년	〈헛소동〉 〈헨리 5세〉
1599~1600년	〈줄리어스 시저〉 〈뜻대로 하세요〉 〈십이야(十二夜)〉
1599년	글로브 극장 신축.
1600~1601년	〈햄릿〉 〈윈저의 유쾌한 아낙네〉
1601~1602년	〈트로일루스와 크레시다〉
1601년	아버지 존 사망.
1602~1603년	〈끝이 좋으면 다 좋다〉
1602년	부동산에 관심을 갖고 스트래퍼드어폰에이번의 땅을 사들임.
1603년	3월 24일, 엘리자베스 여왕 서거. 전염병으로 글로브 극장 폐관.
1604~1605년	〈자에는 자로〉 〈오셀로〉
1604년	글로브 극장 개관.
1605~1606년	〈리어왕〉 〈맥베스〉
1606~1607년	〈안토니우스와 클레오파트라〉
1607~1608년	〈코리올라누스〉 〈아테네의 타이몬〉
1607년	장녀 수잔나 결혼.
1608~1610년	〈페리클레스〉 〈심벨린〉
1608년	어머니 메리 사망.

1610~1611년	〈겨울 이야기〉
1611~1612년	〈폭풍우〉
1612~1613년	〈헨리 8세〉
1612년	동생 길버트 사망.
1613년	동생 리처드 사망. 화재로 글로브 극장이 소실됨.
1614년	6월 글로브 극장 재개장.
1616년	4월 23일 사망. 스트래퍼드어폰에이번의 트리니티 교회에 묻힘.